KB266609

모든 날의 강원

모든 날의 강원

이영재 지음

민요사

여행을 떠나며

구내식당에서 속도감 있게 점심을 먹고 나면 거리를 걷는다. 늘어나는 내장지방도 걱정이긴 하지만, 그보다는 낭만적인 주변 구도심을 탐색하는 일이 제법 즐겁기 때문이다. 해가 바뀔수록 이 산책은 더욱 귀해진다. 극한의 여름과 사무치는 겨울이 달력의 대부분을 차지해버린 변칙적인 사계절의 시대. 온화한 날에 걷는다는 것은 보약과도 바꿀 수 없는 축복이다.

초록불을 기다리며 서 있는 회사 앞 구도심 사거리. 막 피어나기 시작한 살구꽃이 미소를 짓게 하고, 봄 축제를 알리는 지자체의 현수막이 나긋한 바람에 펄럭인다. "왜들 그리 다운돼 있어?"라며 어서 일어나보라는 부추김을 받아왔다면 이제는

분연히 일어설 때다. 큰 숨을 들이마시고 정신 좀 차려보자고
다짐한 순간, 익숙한 슬픔이 링거의 포도당 퍼지듯 온몸을 타
고 흐른다. 횡단보도를 힘겹게 건너는 어르신의 걸음은 불편해
보이고, 머리 위에 올린 바구니는 억겁의 무게처럼 느껴진다.

　　이런 거다. 이건 지불해야 하는 비용이다. 천성이 유약해 대
도시의 가차 없음에서 비켜 살아온 날들에는 수더분한 만족감
을 느끼지만, 매일같이 마주치는 노년의 아픔과 쇠락 또한 피
할 수 없이 닥쳐온다. 지방 중소도시의 거리에서는 사람도 노년
이고 풍경도 노년이다. 거기서 깨달았다. 나는 번성하는 공간의
화려함 속에서는 이물감만 느끼고, 안쓰러워 보이는 고장의 쓸
쓸함에서는 쾌감을 느낀다는 것을. 공간 탐색에 각별한 취미가
있는 것은 사실이지만, 새롭게 도약하는 곳에 대해서는 관심이
없다시피 하다. 인구는 줄고 노인 비중은 급격히 늘어 가며, 구
도심 상권은 침체를 벗어나지 못하는 곳. 나는 그런 조건들이
충족된 곳에서라야 살아갈 수 있는 '공간 반골'이었던 것이다.

　　이렇게 말하면 내가 이야기하고자 하는 강원도에 대한 예
의가 아닌 것만 같다. 그러나 수도권을 제외한 대부분의 지역이
점차 사위어 가는 것이 우리나라의 엄연한 현실이 아닌가. 이제
는 당당해질 것이다. 쇠락은 인정하되, 나의 둥지가 되어주는
이 고장이 얼마나 가치 있는 공간인지는 분명히 말해야겠다.
부흥까지는 바라지 않지만, 없어져서는 안 될 곳이 아니냐고.
당신들의 마음 한구석이 휭할 때 망설임 없이 달려왔던 곳이

바로 여기 아니었느냐고. 아직도 이곳은 살아 있으니, 가끔은 와서 기운을 받아 가라고 잡아끌고 싶은 것이다. 다만 이 땅의 아름다움에만 찬사를 보내고 싶지는 않다. 아픔과 슬픔이 덕지덕지 묻어 있다면 그것 또한 고스란히 포를 떠 내보일 것이다.

강원도로 돌아오기 전, 남쪽 제주도에서 20년 가까이 직장 생활을 했다. 전국에 총국과 지국이 있는 회사 덕분이었다. 제주의 삶은 찬란했다. 공간 반골이라 해도 내가 머물던 제주도는 한동안 성장 일변도였다. 다만 그 성장이 관광객 수, 관광 시설의 수, 땅값 상승만을 의미했다는 점이 문제였을 뿐이다. 탐라의 아픈 기억들이 산하를 집어삼켰어도 제주 오름의 곡선과 파스텔 톤의 바다는 모든 고통을 다시 묻어버렸다. 나 역시 제주의 다독임에 익숙해지고 나태해졌다. 벼락같은 충격이 필요했다.

'봉긋한', '야트막한', '잔잔한'과 같은 형용사는 강원도에는 없다. 망설임 없이 내달리는 근육질 산맥의 기세는 짙푸른 공포가 엄습하는 동해의 노도와 맞닿아 있다. 그러니까 강원도의 산은 곧 바다인 것이다. 그 앞에서 내 눈은 번쩍 뜨이고 이마에 주름까지 드리워진다. 눈물이 맺힌다면 압도되었기 때문이다. 동해의 빛은 '쾅!' 하고 덮쳐 온다. 태양빛은 완충장치 하나 없이 대기를 관통해버린다.

강원도로 유턴한 후 살 터를 탐색하던 어느 날, 지금은 앞집 이웃이 된 할아버지를 우연히 만났다. 임장길에선 현지 주민이 최고의 정보통이다. 낯선 곳에 정착하려는 외지인이라면 응당 물어봐야 할 잡다한 것들을 이것저것 여쭤보았다. 필요 이상의 고급 정보를 얻고 돌아서려는 찰나, 할아버지가 한마디 하셨다.

"꼭 와서 살았으면 좋겠네. 우리야 젊은 사람들이 와 있으면 좋지."

제주도 애월의 작은 동네에 둥지를 틀려 했을 때도 똑같은 말을 들었다. 낯선 이를 상대로 익숙지 않은 권유의 말을 건네는 토박이 어르신들은 수줍은 소녀와도 같다. 그러니 결국 마음이 약해져 그곳에 그대로 눌러앉게 되는 것은 인지상정이다. 그런데 뭔가 이상하다. 나는 항상 촌 동네의 활력을 높여주는 청년인 줄 알았는데, 어느덧 초로의 나이가 되어버린 게 아닌가. 거울을 좀 자주 봐야겠다. 더 이상 동네 주민의 평균 연령을 낮출 수 없는 지경이 되었음을 실감한 순간, 나를 받아주려는 강원도의 품이 더욱 고맙게 느껴졌다.

ASMR은 '자율 감각 쾌락 반응'이란다. 시각이나 후각 등 감각의 종류에 제한은 없으나, 주로 청각을 통해 얻는 안정감이나 쾌감을 가리킬 때가 많다. 유튜브에서 '잠 잘 오는 소리'를 찾아 재생해놓고 꿈나라로 향하려는 사람들이 점점 늘고 있다.

시골에서 산다고 해서 유튜브 감상을 게을리하는 편은 아니지만, 적어도 나의 ASMR은 애처로운 휴대전화 화면이 아니라 광활한 밤하늘의 투명한 공기에 실린 배경음에서 비롯된다.

봄날 개구리 소리는 강·약·중강·약이 뒤섞이며 혼란 속의 조화를 이룬다. 그것이 번식을 위한 필사의 부르짖음이라 해도 소파에 누운 게으름뱅이의 귀에는 수만 마리 합창단의 코러스 소리로 들린다. 개구리가 성악가라면 초가을의 풀벌레는 현악기 연주자다. 쓰르르르 활을 켜는 그들의 기교는 꺾임음 없이 기승전결을 그린다. 강원도의 개구리와 풀벌레 소리는 짙다. 그들도 사람을 닮아가 투박한 강원도 사투리로 공기를 진동시키는 것일까.

대관령의 묵직한 내부가 하릴없이 뚫려 터널이 관통하게 되면서 영서와 영동은 느닷없이 생얼을 마주한 소개팅의 남녀가 돼버렸다. 매일이 뻘쭘한 나날들이다. 지금은 '대관령 옛길'로 부르는 과거의 대관령 고갯길은 본래 영동고속도로의 일부였으니, 곡선의 이끌림으로 영서와 영동이 은근히 어울렁더울렁할 수 있었다. 공간의 전이가 끊김 없이 자연스러웠다는 뜻이다. 영嶺의 피부를 타고 돌아 내려오는 길에서는 바퀴에 전달되는 고개의 기울기도 ASMR이었고, 저 멀리 크기와 관계없이 작은 태양급 광도를 자랑하는 오징어 배의 집어등 또한 ASMR이었다.

어찌할 수 없는 건 변한 것들이다. 신인의 자세로 감격하며 재회한 강원의 산하는 20년 세월의 풍화도 무색하게 여전히 높고 깊었다. 모든 것에 애처로울 만큼 부족한 감각이지만 전설 같은 이 고장을 이제부터 또박또박 말해보련다.

양해를 구해야겠다. 추억과 감상의 켜가 일정한 두께 이상 쌓여 있는 곳만 글로 남길 수밖에 없는 노릇이다. 알아야 기록할 수 있으니까. 그러다 보니 자연스레 고개의 동쪽, 영동 지역 위주의 구성이 되었다. 하긴 강원도 구석구석을 전부 훑겠다는 발상 자체가 건방진 일이기도 하고, 애초에 불가능한 작업이기도 하다. 영서 지역 도시들의 숨 멎는 아름다움은 그 아름다움을 곁에서 제대로 파악한 이들의 몫일 것이다.

아, 그래서 자리 잡아 살고 있는 이곳이 도대체 어딘지는 정작 말씀드리지 못했다. 미괄식도 이런 불친절한 미괄식이 없다.

여는
강릉이잖소!

차례

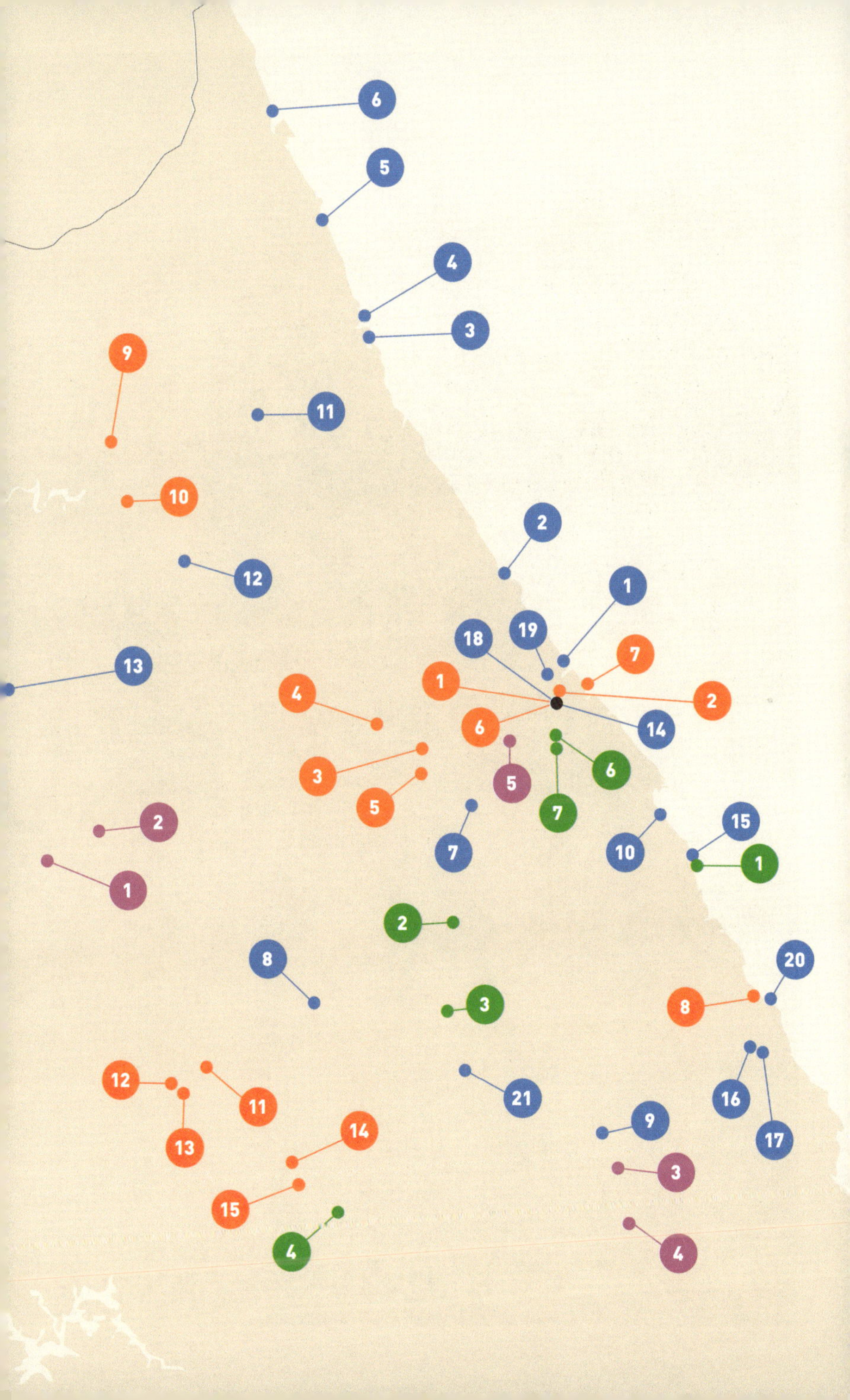

6
5
4
3
9
11
10
12
13
2
1
18
19
7
1
14
4
6
2
3
5
5
7
6
10
7
15
1
2
1
2
8
3
20
8
21
9
12
11
13
14
16
17
15
3
4
4

PART1
나아가는 걸음

경사傾斜
예찬

5월의 하늘이 결벽증에 걸렸다. 한 터럭의 구름도 용납하지 않는다. 계절의 여왕이 뭐 이리 까탈스러운지. 겸손하기까지 한 작은 텃밭에 채소를 심어둔 지도 벌써 한 달이 넘었다. 봄은 순조롭게 흐르고 있고, 강원도의 공기를 마시며 식물들은 유아기의 강아지처럼 하루가 다르게 하늘과 가까워지는 중이다.

잊지 말자 했는데 또 방심했다. 난 치커리를 먹지 않는다. 제주도 애월에서 심은 작물들 중에 가장 무자비하게 자란 놈이 바로 치커리였다. 주위에 억지로 나누어줘도 매일 한 움큼씩 입 속으로 털어 넣지 않으면 그 왕성한 생명력을 감당할 수 없었다. 석 달 내내 삼시 세끼 치커리 반찬이라니, 고역이었다. 내 평생 치커리는 안녕이다.

강릉 구정면에서 자라고 있는 녀석들도 심상치 않다. 이 속도라면 곧 깻잎과 적상추까지도 금식 대상이 될 수 있다. 그래도 안 자라는 것보다는 낫다.

태평한 긱정을 제쳐두려면 떠나야 한다. 게다가 주말 아닌가. 집에서 남쪽으로 차로 삼십 분이면 충분한 동해시로 가야겠다. 동해고속도로를 질주하면 느닷없이 펼쳐지는 망상의 바다도 일품이고, 7번 국도를 따라가는 전통의 코스도 따사롭다.

경사의 미학

동해시가 뜨고 있다. KTX가 동해까지 연결되면서 강릉만 찍고 돌아가던 사람들의 관심을 끌더니, 반짝이는 개성을 앞세워 관광 도시의 다크호스로 급부상하고 있다. 자치단체의 관광 홍보 능력부터 보통이 아니다. 거대한 시설을 세워 사람들을 끌어들이기도 하지만, 지역의 정체성을 드러내는 공간 활용은 수준급이다.

폐쇄된 채석장을 체험 공간으로 탈바꿈시킨 무릉별유천지도 인기지만, 묵호 앞바다를 시원하게 조망할 수 있는 논골담길은 언덕 마을의 지형을 그대로 살려 조성한 동해시 최고의 핫플레이스다. 등산은 내키지 않아도 이 언덕의 경사가 사랑스럽다. 원색 슬레이트 지붕의 선명함을 감상하며 걷다 보면 어느 새 '바람의 언덕'이라 불리는 마을의 정상이 눈앞에 나타난다.

논골담길은 풍광과 동떨어진 오르막이 아니다. 꺾이는 모서리마다 봄꽃이 흐드러지고, 어촌의 집들은 각자 버텨온 사연을 속삭인다. 고도가 높아질수록 시야는 확장되고, 왼편과 오른편의 광경은 선명한 대비를 이룬다. 눈이 멀 정도로 위험한 색은 겨울의 흰색만이 아니다. 동해의 짙푸른 수면은 각막을 자극할 만큼 강렬하다. 고개를 돌리면 완만한 경사 위에 자리 잡은 사람들의 보금자리들이 무작위 속에서도 자연스러운 조화를 이룬다.

경사를 따라 늘어선 것들을 보면 왜 이리 가슴이 뛰는 걸까. 수평에서 수직으로 옮겨 가는 과정에서 솟아오르는 상승 욕구 때문일까. 그보다는 오르고 내리며 달라지는 시야의 매력 때문인 것 같다. 굽이치는 고갯길에서 느껴지는 감성에는 은근한 정복욕도 내재해 있음이 분명하다.

어쨌든 경사 오르기는 고되다. 중력을 거슬러야 하니 한낱 중년의 처지에서는 몇 곱절의 운동 에너지가 필요한 막노동이다. 정상에서 외치는 포효는 강건한 심신의 소유자만이 누릴 수 있는 특권이다. 그래도 논골담길의 경사는 반갑기만 하다. 기껏해야 5분이면 정상에 닿을 수 있고 지루할 틈도 없기 때문이다. 원주민의 흔적이 켜켜이 쌓여 있는 마을의 모세혈관 같은 경사로에는 얼굴을 빼꼼히 들이밀고 참견하고 싶은 공간이 도처에

동해시 논골담길로 가는 아랫부분 진입로.

논골담길에서 내려다본 묵호항.

등장한다. 비탈을 가꾸어온 사람들의 결과물을 감상하며 올라가다 보면 두 다리의 고난에 주의를 기울일 겨를이 없다. 중력을 거스르는 과정이 도리어 미끄러지듯 가벼워진다. 안내자가되어 오르막의 선두에 서는 것도 어렵지 않다. 논골담길의 매력은 역시 조망이다.

두 발로 처음 서본 원시 인류는 어떤 느낌이었을까. 마치 신세계가 펼쳐지는 듯한 각성이 엄습했을 것이다. 기어다니던 상태에서 일어선다는 것은 곧 혁명이었다. 시선의 범위와 각도의차원이 완전히 바뀌었다. 절대적 높이가 중요한 게 아니다. 엎드려 지내던 몸을 두 발로 세우는 순간, 눈앞의 세계는 새로운 질서로 재편되었을 것이다. 아직은 근력이 약해 다리가 후들거렸어도, 직립으로 바라본 전방이 주는 교훈은 분명했다. 천적의감시, 종족의 통제, 사냥의 조건 등 생존 활동의 거의 모든 면에서 여타의 종을 압도할 수 있었으니 말이다. 결국 정상에 오르며 느끼는 설렘은 유구한 세월, 우리의 DNA 속에 각인되어온감각인지도 모른다.

항구 앞 논의 고을

바로 앞 묵호항은 자연산 활어로 유명하다. 당연한 말을 뻔뻔하게도 하고 있다. 어촌이니 그럴 수밖에. 그런데 그 항구를 고스란히 내려다보는 언덕 마을의 이름이 '논골담길'이라니, 어딘가 부정교합처럼 어색하다. 오르막길을 따라 걷다 보면 쌈 채소를 기르는 텃밭은 종종 보이지만(다행히 치커리는 보이지 않았다), 논은 없었고 애초에 있을 수도 없었다. '포구 바로 옆에 논이 있는 고을'이라는 구도 자체가 영 어울리지 않는다. 이런 이름이 생겨난 까닭은, 이곳이 질퍽한 논바닥과 비슷한 성질을 지녔기 때문이다. 동해에서 건져 올린 오징어와 가자미 등 해산물을 언덕 위 집까지 나르다 보면 경사진 길을 따라 바닷물이 쉼 없이 흘러내렸을 것이고, 고기를 손질하면서 나온 물도 줄줄 흘렀을 것이다. 묵호 등대에서 평지까지 미로처럼 이어진 경사로에 발을 디디면 마치 논바닥을 밟는 듯한 촉감이 들었을 것이다. 다만 아래 마을의 논과 달랐던 점은 이곳에서 수확한 것이 쌀이 아니라 해산물이었다는 사실뿐이다.

북으로 북으로 올라가버려 지금은 자취를 감춘 명태를 햇볕에 말리고, 묵호墨湖라는 이름에 걸맞게 오징어 먹물이 사방에 튀곤 했던 논골담길은 이제 벽화와 카페들이 사람들을 끌어모으는 레트로 방문지가 되고 있다. 마을의 비탈길은 논골1길, 2길, 3길과 등대오름길로 구분돼 헷갈릴 법도 하지만, 바닥에 그려진 화살표만 따라가면 순로를 이탈할 일은 없으니 안심해도 좋다. 물고기를 널어 말리던 집들이 소탈한 펜션으로 거듭나기도 했는데, 논골담길에서는 최소 1박을 추천한다. 석양에서 어둠으로 변주되는 묵호의 시간은 어떤 것으로도 대체할 수 없기 때문이다. 평지에서 논골담길로 올라가는 코스와 등대 앞에 주차하고 내려오는 코스가 있지만, 무조건 트렁크보다는 배낭이 낫다. 입실할 때 올라가거나 퇴실할 때 올라가거나, 최소 한 번은 고난이 예상되니까.

경사의 고난

경사의 감성에는 대가가 따른다. 우상향의 아름다움을 마냥 찬양만 할 수 없는 이유다. 경사의 본질은 고난이다. 단순히 오르기 힘들다는 차원이 아니다. 오래전부터 경사지는 힘없는 사람들의 땅이었기 때문이다.

고도가 높아질수록 무력감은 깊어진다. 공중으로 올라갈수록 현실과의 접점은 까마득해질 수밖에 없다. 요즘 부자들은 최고층에 산다는데 그야말로 아이러니다. 비탈에서의 삶은 한순간도 '수평의 몸'을 허락하지 않았다. 두 다리에 적절한 힘을 배분하지 않으면 이내 굴러떨어져 낙상을 입기 십상이다. 잠시 한숨을 돌리려 긴장을 늦추면 육신은 미끄러지고, 삶은 내동댕이쳐진다. 우리는 그런 아픈 경사지를 '달동네'라 부른다. 열병으로 사망 사고가 일어나는 곳, 동시에 얼어 죽는 일도 심심찮게 발생하는 곳 모두 달동네다. 낭만적인 이름이라 더 억울할 따름이다. 언덕 위로 쫓겨 와 달이 가까이 보일 뿐 달동네라는

논골담길에서 보이는 묵호진동의 주택들.

지명은 환상과는 거리가 멀다.

　누군가는 월세(달세)로 사는 사람들의 동네라 달동네가 되었다고도 하지만, 그렇다 해도 휘영청하나 무심히 떠 있는 밤하늘의 달이 서글퍼 보이는 건 어쩔 수 없다. 달동네의 가장 큰 취약점은 접근성이다. 도심 속 야트막한 동산에 자리한 곳이라 해도, 달동네 주민들은 도심과 철저히 단절돼 있다. 오르내리기 벅차다는 물리적 한계를 넘어, 평지의 사람들과는 아예 별개의 세상에서 살아가야 한다.

　서울 한복판 달동네 사람들의 고단함은 이제 유니세프가 전하는 아프리카 어린아이들의 배고픔만큼이나 먼 나라 이야기가 돼버렸다. 그나마 그 애달픔조차 '철거'라는 무시무시한 단어를 만나면 슬그머니 물러날 수밖에 없다. 인구는 줄고 있는데 약자가 살아갈 공간은 왜 이렇게 한없이 잠식당하기만 하는 걸까.

　높은 곳에서 조망을 취하려 하는 것은 정복자의 본능이다. 그래서 마천루의 숲속에서 각각의 콘크리트 나무들은 키재기를 하고 있는 것이다. 그러나 달동네의 조망은 고통과 맞바꾼 잠깐의 쉼에 불과하다. 존중해야 할 것은 우리가 딛고 있는 비탈이다. 비루한 삶에도 숨 쉴 공간이 돼주었으니까. 발바닥에 힘만 바짝 주어 굴러떨어지지만 않으면 되는 것이다.

언젠가 비 내리는 밤에

논골담길 정상의 묵호 등대에서 월소택지 사이를 '도째비골'이라 한다. 아기자기한 논골담길을 따라 올라가면 반대편에 골짜기가 펼쳐지는데 그 일대를 말한다. 동해시는 2021년 이곳을 '도째비골 스카이밸리'로 개발해 스카이워크, 슬라이드, 스카이사이클 등의 체험 시설을 조성했다. 정상에서 내려다보면 그 시설들이 크게 거슬리지 않지만, 아래에서 올려다보면 다소 위압적이다. 더 이상 언덕을 손대면 안 될 것 같은 기분이 든다.

이미 스카이밸리는 논골담길과 묶여 하나의 관광지로 연결되었는데, 그럴 수밖에 없는 동선이다. 관광 시설을 만들면서 '도째비골'이란 이름을 새롭게 지은 것은 아니다. 난이도 최하의 방언이란 걸 이미 눈치채셨겠지. 도째비는 물론 도깨비를 뜻하는 말이다. 비가 내리는 밤이면 이 골짜기에 도깨비불 같은 푸른 불빛들이 반짝거려서 지역 주민들이 도째비골로 불렀다고 한다.

푸른빛의 정체는 무엇일까. 바닷가에 사는 반딧불이의 군무일까, 무덤 근처에서 가끔 목격된다는 인광燐光인 걸까. 적당히 비가 내리는 밤에 비밀을 밝히러 잠입해봐야겠다.

서울에서 출발하는 KTX 노선에 이어 부산과 강릉을 잇는 동해선이 개통되면서, 동해시는 동해안 관광의 새로운 실력자로 거듭나려 하고 있다. 논골담길은 이제 오징어가 없는 항구

도째비골 스카이밸리 스카이워크

논골담길 정상의 묵호 등대와 그곳에서 내려다본 전경.

앞 언덕의 마을이지만, 나그네의 감성을 충전해주는 탁 트인 조망을 자랑하며 리즈 시절로의 복귀를 꿈꾸는 중이다. 삶의 담보가 되었던 비린 물은 더 이상 흘러내리지 않지만, 낯선 이들의 발자국이 켜켜이 쌓이며 감성의 논골로 탈바꿈하고 있다.

너무 눈부신 날이 아닌가. 하늘빛과 바닷빛은 티끌 하나의 얼룩도 용납하지 않는다. 수평선은 칼로 가른 듯 또렷하다. 논골담길 정상에서 바라보는 조망은 온통 푸르름 천지다. 망설이면 번잡해질 것이다.

여기는, 감탄할 도리밖에 없는 경사의 천국이다.

보고 싶다
정선아

느긋한 삶이 일상인 것처럼 보이는 강릉도 복작복작 사람이 몰려 사는 곳이다. 태백산맥 동쪽에서는 강원도에서 가장 큰 도시니까. 칠성산이 눈앞인 구정면에 삶의 터를 잡은 이유는 하늘과 땅 사이에 막힘이 없어서인데, 출근과 퇴근 사이 괄호 속에 갇힌 시간에는 그저 도심 풍경 속 미세부품으로 충실히 기능하며 살고 있다.

인간은 적응의 동물이다. 농촌에서 도심으로, 도심에서 농촌으로 이동하는 출퇴근길은 없어서는 안 될 작은 행복이다. 온갖 장르를 뒤섞어놓은 음악을 틀어놓고, 어쩌다 마음에 꽂히는 노래라도 나오면 내 목소리가 음원인 양 거리낌없이 불러 젖힌다. 발라드는 감미롭고, 록은 처절하며, 클래식 앞에서는 내 목소리도 악기로 변신한다. 듣는 사람이 없으니 누가 뭐라 할 것인가.

한껏 팝송에 심취해 후렴을 부르려 숨을 고르는 찰나, 또 이 여자가 방해를 한다.

"전방에 과속 방지 턱이 있습니다."

맥이 끊겼다. 흐름이 단절됐으니 이 노래는 부르지 않을 것이다. 다음 곡은 뭘까. 하동균이 리메이크한 〈비처럼 음악처럼〉의 비장한 전주가 흐른다. 마침 날도 꿀꿀한데 잘됐다. 내 모든 것을 토해내리라.(이러면 내가 노래 좀 하는 줄 알겠지?) 묵직한 저음 파트가 끝나고 "난 오늘도~"로 진입하려 목구멍을 조이는데 또 그 여자다.

"전방 4백 미터에 과속 단속 구간입니다."

이 무슨 억하심정인가.

시내에서는 마음껏 지저귈 자유조차 없다. 위성에서 쏘아준 감지덕지한 도로교통 안내는 나의 안전을 보장해주는 동시에 나의 입틀막을 담당하고 있다. 이해는 된다. 노래에 집중하다 주의가 산만해질 수도 있으니까. GPS와 내비게이션 속 그녀는 본연의 임무에 충실할 뿐이다. 그렇다면 도심을 떠야 한다. 그것도 아주 먼 곳으로. 그녀의 목소리에서 완전히 벗어날 수는 없겠지만 횟수는 크게 줄어들 것이다. 강원도를 묵은지처럼 제대로 삭히며 누리고 싶을 때면 향하는 곳이 있다. 내비게이션 속 무명의 여자와 달리, 청초한 이름마저 어여쁜 그녀는 바로, 정선 씨다.

여량, 그 넉넉함

정선군 여량餘糧이다. '어'량이 아니라 '여'량이라서 섬세하고, 여'랑'이 아니라 여'량'이라서 상쾌하다. 합격이다. 남한강을 이루는 두 물줄기가 합쳐진다는 아우라지는, 왠지 여량이라는 곳에 있을 법하다. 실제로 반짝이는 강줄기와는 전혀 상관없는 지명이지만, 이름만 들어도 윤슬이 눈앞에 그려진다. 그럼 됐다. '나'라는 하나의 티끌은 섬세하고 산뜻한 풍경 속으로 감히 뛰어들기만 하면 되는 것이다.

본인이 매력적이라는 걸 모르는 사람이 있다. 그 또는 그녀가 진정 멋있는 건 그런 무덤덤함 때문이기도 하다. 여량이라는 마을도 매한가지다. 풍경이 기가 막히니 어서 와서 확인해보라며 야단스레 손짓하지 않는다. 그래서 더 끌린다. 송천과 골지천이 합류해 남한강을 이루는 자연 합일의 현장은 유장하고, 삶의 각박함에 토라져 벌어졌던 마음 한구석이 저절로 봉합되는 느낌이다. 젖줄과도 같은 물줄기를 둘러치고 있는 산줄기는 인자한 오라버니처럼 든든하다.

이름을 꺼내기 부담스러운 인물들이 있다. 한때는 영광의 아이콘으로 추앙받다가 끝내 추락한 사람들, 시대와는 결이 맞지 않아 더 이상 언급되지 않는 과거의 인물들. 평가 자체가 불가능할 정도로 변신에 변신을 거듭한 사람들도 마찬가지다.

김지하.

납덩이 같은 세 음절이다. 암흑 시절 민중의 리더였던 그를 감히 평가할 수는 없다. 그로부터 뻗어 나온 가지에는 각계의 스승이 된 열매들이 주렁주렁 달려 있다. 이런저런 평자들의 해석과는 무관하게, 우리 사회의 정신과 문화에 끼친 그의 영향은 막대하다. 그럼에도 변절이라 불릴 만큼 급작스러웠던 인생 말년의 반전은, 그의 발걸음을 추앙해왔던 많은 사람들을 당혹스럽게 했다. 그의 사상과 철학의 변천은 각자가 알아서 평가하면 될 일이다. 괜스레 장광설을 늘어놓다 밑천을 드러내는 짓은 사양하겠다. 단지 난데없이 김지하라는 이름을 소환한 까닭은 정선, 그것도 여량의 아우라지를 향한 그의 집착에 가까운 믿음 때문이다.

목포 출신인 그는 출감 이후 장모인 박경리의 도움으로 원주에 살면서 강원도의 기를 빨아들였다. 땅에 서린 기운과 김지하의 철학은 서로 공명하며 동양 사상의 근원으로 작동했는데, 그의 과녁은 다름 아닌 정선의 여량이었다. 여량은 김지하에게 모든 존재의 시원이었다.

그는 정선 '여량'이라는 지명을 그야말로 '지하'까지 파고

정선 아우라지.

들어간다. '남은 양식', 여량 하면 떠오르는 직관적 뜻풀이다. 하지만 김지하에게 여량은 단순히 '먹은 뒤 남아도는 잉여'가 아니다. 근대 이후 서구 자본주의의 관점으로 보자면, 하나의 사회 집단이 선의를 베풀 수 있으려면 체제 안에서 소비를 마친 뒤 남는 게 있어야 한다. 운이 좋아 남은 잉여는 마치 천사의 얼굴을 한 선물로 둔갑해 다수의 패자들에게 흘러들어 간다. 가진 자의 입장에서 잉여란 결국 수거를 기다리는 재활용품에 불과하다.

김지하가 고대 이래의 역사와 문헌을 고찰해 밝혀낸 '우리의 여량'은 그와는 완전히 다르다. 여량은 '쓸 거 다 쓰고, 먹을 거 다 먹고 남은 찌꺼기'나 적선하듯 던져주는 자투리가 아니다. 무엇을 생산하기 이전부터 미리 고려해두는 몫, 정성스럽게 일부러 남겨둔 부분이다. 고대의 생산물이라면 대개 농작물이었을 것이다. 하늘이 기르고 땅이 보듬고 바람이 도와야만 가능한 결실이었으니, 우리 조상들은 그 수확 앞에서 신심을 다했을 것이다. 고맙기 그지없는 결실을 먼저 신에게 바치고, 그러고도 남는 몫이 곤궁한 누군가에게 돌아가도록 '미리' 계획해두는 것, 그것이 김지하의 여량이다. 찌꺼기와는 차원이 다른, 노블레스 오블리주의 거룩한 산물. 김지하에게 여량 아우라지는 인류에 대한 사랑의 근원지였고, 미학의 중심이자 세계정신의 출발점이었다. 작은 것들이 큰 것으로 통합되는 지형은, 여량이 품은 철학과도 오묘하게 맞닿아 있었다.

출렁다리 위에서, 둘레길 위에서 조심스레 합쳐지고 있는 강물들을 바라본다. 잘못했구나. 오버했구나. 쓸데없었구나. 일상에서 배어 나오는 각종 속 좁음들이 모두 한데 모여 남한강에 쓸려가 버리기를. 합강의 감동과 넉넉한 배려의 정신이 교차하는 이곳 아우라지에서는, 속세의 야속함을 벗어던질 이유가 그야말로 '여량'만큼이나 충분하다.

대촌, 그 크나큼

아우라지를 지나 남쪽 화암면 방향으로 삼십여 분 더 달리면 '덕우리 대촌마을'이 보인다. 국도에 접한 진입로를 정확하게 포착해야 한다. 마을의 입구가 진행 차선 반대편에 있기 때문이다. 혹시 못 보고 지나쳤더라도 여유를 가지고 천천히 돌아오기를 바란다. 반대 차선에서 오는 차를 알아차리기 어려운 굽은 길이라 자칫 사고라도 나면 큰일이다.

진입로에서 마을로 들어가는 길은 경사가 심한 내리막이다. 유명세를 탄 이후에는 방문객도 제법 많아졌다. 비탈을 따라 펜션이 늘어서 있고, 좁은 길 구석에는 요령 있게 세워놓은 승용차들도 보인다. 길이 평탄해지려는 찰나, 멋스러운 마을의 정경이 눈에 들어온다. 차로 갈 수 있는 한계는 어천의 시원한 물소리가 들리는 지점까지다. 국도에서 푹 꺼져 내려오는 길이

▲ 덕우 8경 중 하나인 반선정 앞을 시원하게 내달리는 어천.

▼ 옥순봉 아래를 지나는 어천.

신비의 세계로 들어가는 진입로였다면, 어천 너머 석회암 절벽인 옥순봉은 신화 속 거인이다.

숲도 잡초도 초록이 도를 넘었다. 심지어 물속마저 초록의 반향으로 번쩍거린다. 연두에서 진초록까지 초록의 스펙트럼은 끝없이 넓지만, 이맘때의 색은 진초록의 표면에 참기름을 바른 듯 윤기가 흐르는 '윤潤초록'이다. 하늘의 파랑과 구름의 흰색도 백퍼센트 컨디션을 뽐내고, 절벽의 회색마저 긍정적으로 보인다면 너무한 게 아닌가 싶기도 하다. 덕우리 대촌마을의 늦봄은 색깔로 사람을 기만하고 있다.

행정구역으로는 정선군 정선읍 덕우리 1반을 '대촌大村'마을이라 부른다. 찾는 외지인이 늘긴 했지만, 아무리 봐도 '큰 마을'로 불리기엔 의심할 여지 없이 아담하다. 스스로를 확장하고 싶은 자부심의 발로이거나, 그게 아니라면 과거에 실제로 많은 사람들이 살아서 지어진 이름일 수도 있다. 작명의 기원을 알아보니 거주민의 수가 아니라 '힘이 컸다'는 뜻에서 비롯됐다고 한다. 둘러친 언덕과 어천으로 마을 자체는 예전부터 협소했지만, 여기에 살던 몇 안 되는 사람들이 모두 땅부자였다는 것이다. 이들은 마을 바깥의 넓은 논과 밭을 소유하며 주변 마을 사람들에게 기꺼이 땅을 빌려주었다고 하니, 외지인들은 이곳의 땅 주인들을 자연스레 '큰 어른'으로 여기지 않았을까. 이런 사연을 품었기에 '대촌'이라는 이름도 오늘까지 이어져온 것이다.

어천을 따라 걷는 길에는 세속의 먼지가 날아들 틈이 없다.

공기 중의 먼지보다 마음속으로 들어오려는 먼지가 더 완벽하게 차단된다. 대촌마을을 감싸는 필터라도 있는 듯하다. 강원의 속살은 유독 세상과 절연된 곳이 많지만, 무 자르듯 이곳과 저곳을 동강내는 가차 없는 자연은 아니다. 접었다 펴는 색종이처럼 절연 뒤의 세상을 다시 복원해내는 치유의 공간이다. 길가에 핀 꽃들이 점묘처럼 흩뿌려지고, 물 건너 절벽이 수묵처럼 번져 있기에 그나마 나는 초록에 질식하지 않을 수 있었다. 신록은 압박이다.

대촌마을이 대촌마을일 수밖에 없는 이유는 또 있다. 정선군 동부의 비경 열두 곳인 '정선 동계 12경' 중 무려 여덟 곳이 대촌마을의 경계 안에 있다는 사실이다. 넉넉한 토지를 소유했던 큰 어른의 마을답게 풍경마저 장악해버린 셈이다. 마을 내 비경 여덟 곳은 '덕우 8경'이라는 별도의 범주로 묶여 마을의 자산이 되었고, 덕우 1경 옥순봉부터 8경 낙모암까지 이어지는 탐방 코스도 마련돼 있다. 덕우리 대촌마을에서 걷고 보고 즐길 대상은 차고 넘친다.

삼시에 세끼는 먹지 않아도

마트에 가면 추억 돋아 연양갱을 집는다. 알맞게 꾸덕하고 물컹한 식감은 기억 속에 저장된 것이어서, 터무니없이 작아진 크기에 당혹해하면서도 슬쩍 카트 속으로 던져 넣는다. 늦은 밤 속절없이 밀려오는 뱃살의 진격에도 굴하지 않고 기어코 포장지를 벗긴다. 그 뒤에 찾아오는 실망감은 구체적이다. 오리지널 연양갱 크기의 3분의 1로 축소된 황금빛 속포장이 괘씸하다. 겉포장도 작아졌는데 속은 한술 더 뜬다. 차라리 돈을 더 받고 옛날 크기를 복원하라! 복원하라! 사십 대 중반 이상의 소비자들이 오랜만에 연양갱을 샀다면, 실물의 크기에 통탄했을 거라는 데 내 속눈썹을 걸겠다.

결은 다를지언정 TV에 소개된 경승지를 직접 찾아가본 느낌이 딱 이랬다. CF의 포장과는 전혀 다른 실물처럼, 그럴듯한 비주얼만 보여주고 주변 환경을 고려하지 않은 단편적인 소개만 받았기 때문일 것이다. 쪼그라든 기대는 작아진 포장과 똑같았다. 다행히도 대촌마을의 매력은 그와 달랐다. 야구 경기를 직관하는 것처럼 오감으로 직접 마주한 마을은 화면 속 마을과는 비교할 수 없었다.

한때 같은 직장 소속이었던 나영석 PD가 tvN으로 일터를 옮기고 야심 차게 기획한 〈삼시세끼〉의 최초 무대가 바로 정선군 덕우리였다. '야심 차게' 기획했다고는 했지만, 실상은 허허실실. 배고프면 밥 짓고, 식재료가 필요하면 수확하는 단순함의 극치가 콘셉트였다. "이런 식으로 촬영해서 방송이 되겠어?" 하는 걱정은, 시청자보다 출연진의 몫이었던 걸로 기억한다.

텃밭에서 상추를 따고 우리에서 염소의 젖을 짜는 농경·목

〈삼시세끼〉에 등장한 덕우리의 민박집 '하늘색 꿈'.

축 사회의 축소판에서 우리는 트루먼 쇼를 보듯 출연자들의 일거수일투족을 따라가며, 정선의 자연을 감상하고 알게 모르게 위로를 받았다. 하루에 한 끼쯤은 공기만으로도 충분했던 곳. 예능으로 구현한 최소한의 삶의 무대가 정선군 덕우리가 아닌 다른 곳이었다면, PD의 기획 의도는 어긋났을지도 모른다.

〈삼시세끼〉 민박집에서 나와 오른쪽으로 눈을 돌리면, 개울 건너에 반선정이 보인다. 그 아래, 어천의 맑은 물 위에 놓인 징검다리를 밟아 반대편으로 넘어가면 강원도 정선이 낳은 불세출의 미남 원빈이 이나영과 세기의 결혼식을 올린 공간이 등장한다. 야트막한 언덕을 넘자마자 광활한 초록의 밭이 극적으로 펼쳐진다.

신랑이 정선 사람이 아니었다면 결코 찾아낼 수 없었을 비장의 풍경이다. 강남 호텔 예식장의 육중한 샹들리에 아래에서 맺는 언약보다, 정선의 푸른 하늘 아래 눈을 맞추던 그 순간은 얼마나 더 굳건하고 싱싱했을까.

'김밥천국'이라는 간판이 전국 어디서나 보일 만큼 김밥이 대중화되고 나서야, 김천은 비로소 김밥 축제를 열 수 있었을 것이다. 정선은 그럴 필요가 없다. 얼굴을 보지 않아도 차분하고 고매한 그녀의 이미지가 떠오르기 때문이다. 남자보다는 더 많은 여자들의 이름으로 불릴 법한 '정선'의 어감은 담백하다. 자음과 모음이 부딪혀 생성되는 소리에 실린 감성은 사람마다

어천 건너, 원빈과 이나영의 결혼식 장소.

제각각이어서 강력하게 주장할 수는 없지만, 나에게 '정선'이라
는 이름의 발화는 정갈하고 엄선된 그 무엇을 떠오르게 한다.
그다지 세련된 이름이라 할 수는 없어도 정선 씨라는 사람은 수
수하고 차분하며 깊은 매력을 지녔을 것이다. 수많은 정선 씨의
매력이 응축된 정선군은, 강원도를 대표하는 아름다움이다. 여
량의 아우라가 속세로 퍼져 나가는 아우라지에서든, 윤초록의
무릉도원인 덕우리에서든 왠지 그녀가 살고 있을 것만 같다.
　다시, 그녀를 보러 가야겠다.

걷는다는 것,
걸음이란 것

배춧잎 같은 발소리 타박타박●

시 속에서 끝내 들리지 않던 엄마의 발소리.

누군가를 향해 걸어간다는 것은 그 누군가에게는 생명 자체를 불어넣는 일이다. 찬밥처럼 집에 홀로 남겨진 아이에게 지친 엄마가 돌아오는 발소리는 배춧잎, 그러니까 한없이 연약한 존재 전체를 감싸 안을 수 있는 부드럽고 하얀 배춧잎의 기적이다.

● 기형도, 「엄마 생각」에 나오는 시구.

한 걸음은 이렇게나 귀한 것이다. 분명한 누군가를 향해 가는 걸음은 더욱더 그렇다. 걷다가 끝내 도착하는 그곳이 하늘이라면 어떨까. 내 발소리를 기다리는 누군가가 있을 리 없어도, 어린 날의 모든 기억은 어쩌면 구름 속에 숨어 있을지도 모른다. 다행히도 여기는 강원도다. 성찬을 차려놓은 듯 구름을 따라가는 길은 풍성하다. 풍성하나 힘겨운 길이기도 하다.

운탄고도 2길의 지킴이, 김삿갓

강원도 영월에서 삼척을 잇는 173킬로미터 길이의 운탄고도運炭高道. 서에서 동으로 1길에서 9길까지 조성되어 있다. 공식 명칭은 '운탄고도 1330'. '탄을 운반하던 높은 길'이라는 뜻이다. 1330은 모든 구간 중 가장 높은 지점인 정선 만항재의 해발고도다. 전체 길의 평균 고도는 546미터지만 태백산맥의 굴곡을 직각으로 가로질러야 한다. '운탄고도 1330' 홈페이지에는 각 길의 고저와 굴곡이 단면도로 나와 있어, 난이도를 봐가며 길을 선택하는 것이 가능하다.

오늘은 영월을 발바닥으로 느껴봐야겠다. 운탄고도 2길이다. 순례길의 여정을 확인한 뒤 운동화 끈을 단단히 고쳐 맨다. 도중에 당이 떨어지면 큰일이다. 욱여넣은 배낭 속 간식과 물을 꼼꼼히 살핀다. 2길은 전체 길이가 17.71km, 소요시간은 5시간

운탄고도 2길의 지도.

(자료 출처: www.untan1330.com)

15분이란다. 그래도 구름은 머리 위로 훨씬 가까이서 보일 것이다.

영월 읍내에서 버스를 타고 20여 분 지나면 2길의 출발점인 고씨동굴 워케이션 센터에 도착한다. 5시간 15분 주파는 내 능력으로는 벅찰 것 같아 서둘러 장도에 오른다. 9월의 해는 말갛게 솟아올랐다. 동강을 따라 걸으니 초가을의 아침 공기가 강의 수면에서 되튀어 와 촉촉한 미스트가 되어 얼굴을 덮는다. 물결의 장대한 그루브는, 하루치의 벅참 총량을 다 잡아먹으려는 듯 이른 아침부터 감동의 수치를 한껏 끌어올린다. 과연 이 여정이 탄을 운반하던 길이 맞는 건지. 적어도 2길의 초반부는 낭만이 폭발하는 걸음이다.

동강의 오른쪽 기슭으로 시선을 두며 한참을 걷는데 이정표가 좀처럼 보이지 않는다. 경사는 점점 가팔라져 호흡도 가빠진다. 벌써 이렇게 땀을 흘리면 곤란하다. 발바닥으로 전해지는 촉감도 흙의 부드러움에서 각진 돌의 단단함으로 바뀌었다.

무언가 잘못된 게 틀림없다. 숨을 크게 내쉬고 오던 길을 되짚어 다시 내려간다. 강변에 거의 다다라서야 길을 잘못 들었음을 깨달았다. 나중에 복기해보니 내가 헤맸던 구간은 운탄고도 2길이 새단장하기 전 코스의 일부였던, 가재골로 향하는 급경사의 산길이었다. 평지 위주인 제주 올레길이었다면 그리 억울하지 않았을 우회다. 그러나 영월의 인적 드문 고갯길에서 순례자의 허술함은 통렬한 근육통으로 되돌아왔다.

영월군의 하위 행정구역 이름은 이름만 들어도 이미지가 떠오를 만큼 직관적이고 솔직한 매력이 팡팡 터진다. 북서쪽에 있는 '무릉도원면'은 굳이 설명이 필요할까. 복사꽃이 피는 봄에 이 부근을 지나면 두 눈에 이상향이 고스란히 담긴다. 법흥계곡을 둘러싼 산세 속으로 들어가는 순간, 시간은 기능을 잃어버린다. 과거 '수주면'이었던 이 마을은 면민들이 주도해 2016년 '무릉도원면'으로 개명했고, 이후 소폭이지만 인구도 늘고 관광객의 발길도 부쩍 늘었다고 한다.

그 아래에 있는 '한반도면'은 어떤가. 옹정리의 평창강 지류 주변의 지형이 한반도와 유사해 지난 2009년, '서면'이라는 옛 이름을 버리고 새로 이름을 얻은 행정구역이다. 전국적으로 한반도 지형을 닮은 곳은 여럿 있지만, 기초지자체의 이름을 과감하게 '한반도'로 지은 곳은 여기뿐이다.

오늘 걷고 있는 운탄고도 2길은 '김삿갓면'에 걸쳐 있다. 영월군의 동남쪽인 이곳에서는 조선의 방랑 시인 김병연, 즉 김삿갓의 묘가 발견되면서 역시 2009년, '하동면'이라는 이름을 버리고 인물 이름을 내세운 면으로 새롭게 태어났다.

골치 아픈 해석이 따로 필요 없다. 무릉도원과도 같아 무릉도원면이고, 한반도 지형을 닮아 한반도면, 감삿갓의 묘가 있어 김삿갓면이다. 공통점도 딱 맞아떨어진다. ①관광 활성화 목적으로 ②주민이 주도해 ③비교적 최근에 명명된 행정구역이라는 점. 요즘의 주민 자치는 자신이 살고 있는 행정구역의 이름

▲ 운탄고도 2길 초입에서 바라본 동강.

▶ 대야리에서 김삿갓면사무소로 가는 길.

김삿갓면은 김삿갓이 지킨다.

부터 직접 바꾸는 흐름이 대세다.

예밀리의 포도 향기

더 이상 쾌적할 수 없는 날씨임에도 발바닥의 통증은 어김 없이 찾아온다. 흘러가는 경치에 몰입해 하나가 되려는 의지도, 느리고 좋은 생각들만 하며 걸어야겠다는 다짐도 점점 뜨거워 지는 발바닥의 온도에 반비례해 밑천을 드러낸다. 이제 절반쯤 왔다. 쉬어가야겠다.

모운동까지 이어지는 가파른 산길은 아직 올라가지도 않았 건만, 강원도의 순례길이 만만치 않음을 깨닫는다. 한눈이라도 팔면 순로를 놓치기 십상이고, 자칫하면 전혀 다른 산속을 헤 맬 수도 있어 긴장을 풀 수 없다.

걷기 열풍을 몰고 온 제주 올레길이 다시 떠오른다. 쉼 없이 앞만 보고 달려온 우리 모두에게 걷기란 곧 힐링임을 알려준 환상의 길이다. 어쩔 수 없이 피어오르는 고민과 번뇌도 제주의 오름과 바다가 가만 놔두지 않는다. 완주하고 나면 몸은 피곤 할지라도 영혼에는 광이 난다.

운탄고도의 감성은 이와 다르다. 탄을 옮기던 강원도의 산 길에서 힐링이라는 단어는 어쩐지 과분하다. 제주 올레길이 지 친 나를 위로하기 위해 걷는 길이라면, 강원 운탄고도는 그렇게

▲ 포도마을 예밀리.

▼▶ 예밀 와인 힐링족욕체험센터에서 맛볼 수 있는 와인.

하지 않고서는 도무지 버틸 수 없어서 걷는 길이다. 스스로를 완벽히 고쳐 세워야 할 만큼 절박해졌거나, 산맥의 깊은 흉부를 관통하지 않고서는 더 이상 성취감을 얻을 수 있는 곳이 남아 있지 않아서다.

이름마저 감미로운 예밀리는 마을 입구로 들어서기 전에 이미 알아챌 수밖에 없다. 느닷없이 포도의 달콤한 향이 후각 세포를 자극하면, 그곳이 바로 예밀리 부근이기 때문이다. 2길의 종착지인 모운동으로 오르기 직전, 예밀리는 마치 사막의 오아시스처럼 나타난다. 향기에도 서사가 있다. 바람에 묻어 오는 포도 열매의 향긋한 향은, 마을의 한복판을 지날 무렵엔 묵직한 풍미로 공기 속에 너울거린다. 강원도 산골에서 와인이 익어 가는 향을 맡게 될 줄이야. 영월의 외딴곳에서 펼쳐지는 조향사의 마법이다.

운탄고도의 중간 경유지로만 두기엔 아까운 곳이다. 오감을 고양시키는 예밀리는 여행의 최종 목적지여도 손색이 없다. 영월군 예밀리는 1914년, 예의와 미풍양속을 권장하는 마을이란 뜻의 '예미禮美촌'과 깊고 빽빽하다는 뜻의 '밀密골'이 합쳐져 명명됐다고 한다. 예의가 깊고 포도 향이 넘실대는 고장이라면, 그 자체로 하나의 유토피아가 아닐까.

가을이 오면 이 멋진 곳에서 와인 축제가 열린다. 예밀리의 단풍과 와인 색조가 뒤엉키는 상상만으로도 황홀해진다. 농밀한 유혹으로 넘치는 예밀리는, 운탄고도 2길의 가파른 후반전을 앞두고 자리 잡아야 할 디오니소스의 베이스캠프다.

예밀 와인의 맛을 보고 장재터를 지나 등산을 시작한다. 그나저나 '특산품은 현지에서 사야 진짜배기'라는, 별 감흥도 없는 고집 때문에 몸이 고생하게 생겼다. 와인 두 병을 사서 배낭에 넣었더니 어깨에 담이 올 지경이다. 운탄고도 2길은 종점이 최고도인 점증 코스다. 신비의 마을로 들어가는 두근거림은 어느새 후회와 자책으로 변해버렸다. 바보 같은 짓의 대가는 결국 몸뚱어리의 생고생이다. 어쩔 수 없다.

구름이 모여들면 기다리게 되는 발걸음

굴곡진 비탈을 오르다 갑자기 좁은 오솔길이 나타났다. 평지다. 일상에서는 고마움을 느끼기 힘든 '평탄한 땅'이 실은 이토록 찬양받아 마땅한 축복이었나 싶다. 울상은 이제 그만, 입꼬리가 슬며시 올라간다. 멀리 종착지가 보인다. 민가가 그리워지기도 오랜만이다. 하긴 기쁠 때가 아니더라도 입꼬리는 늘 올라가 있어야 한다. 중력은 세상 거의 모든 것의 노화를 주도한다. 나는 무표정일 뿐인데 입꼬리는 갈수록 처지고, 나이가 들수록 화난 사람으로 오해받기 십상이다. 중력은 척추를 누르고 경추도 압박하며, 엉덩이와 입꼬리를 잡아끌어 내린다. 표정을 조금만 관리하지 않으면, 나는 그저 살짝 섭섭했을 뿐인데 상대방은 내가 격노했다고 착각할 수도 있다.(그놈의 격노…) 웃자.

드디어 도착이다. 마을의 이름에 혼을 뺏기는 것도 슬슬 지겹지만, 한 번만 더 뺏기기로 한다. '모운동募雲洞', 구름이 모여드는 마을이다. 해발 1,088미터인 망경대산의 중턱, 그러니까 해발 약 700미터 자락에 자리 잡은 모운동은 불과 수십 년 사이에 과거의 흔적을 거의 잃어버렸다. 산간 폐광촌이 흔히 그렇듯, 1980년대까지 인근 광업소의 호황으로 먹고살 만했던 마을은 탄광 폐쇄 이후 주민들이 줄줄이 떠나며 휑한 오지로 남았다.

마을을 다시 살린 건 원주민들과 모운동의 가능성을 예감한 소수의 외지인들이었다. 구름이 모여드는 피안의 마을 곳곳에 벽화를 그리고, 이색 박물관도 차려놓았다. 이곳의 진짜 강점은 자동차를 타고 마을 한복판까지 들어갈 수 있다는 점이다. 운탄고도 순례야 걸음에 목마른 사람들이 하면 되고, 모운동 그 자체가 목적인 사람들은 차로 가면 그만이다. 굽은 산길이긴 해도 마을 한복판까지 자동차 도로가 깔려 있으니 접근성은 더 바랄 게 없다. 그래서일까. 제법 많은 사람들이 천상의 낭만을 좇아 모운동을 찾는다.

막장에서 생계를 캔 아빠는 검댕이 눌러붙은 얼굴로 돌아오고, 텃밭에서 끼니를 캔 엄마는 굽은 허리로 돌아오는 중이다. 모운동의 저녁은 그런 안도의 한숨으로 깊어 간다.

아이는 알았을까. 어느 날 아빠가 집으로 돌아오지 못해도

운탄고도 2길의 종착점이자 3길의 시작점인 모운동 마을.

전혀 이상한 일이 아니었다는 것을. 내리누르는 삶의 무게를 오롯이 짊어진 채 엄마는 걷고 또 걸었다는 것을. 그래서 구름이 모여드는 이 마을에서 '발걸음'이란 무엇과도 바꿀 수 없는 무사귀환의 증거라는 것을.

걷지 않으면 견디지 못하겠어서 걸었다는 구실은, 탄을 나르던 길의 정점에서 한없이 옹색해진다. 폐광의 상처를 낭만이란 연고로 덮고 살아가는 모운동은 지금도 입술을 악물며 버티고 있다. 그곳을 향해 나아갔던 한 걸음 한 걸음은 명과 암이 교차하는 장단이었다.

해 저문
소양강에

가본 김에 글을 쓰는 건지, 글을 쓰기 위해 가는 건지 헷갈린다는 것은 오히려 바람직한 일이다. 글쓰기에 지쳤다 싶으면 내키는 대로 강원도를 주유하면 되고, 게을러지는 어느 주말엔 글감으로 은밀히 숨겨두었던 곳으로 떠나면 된다. 헷갈릴수록 나들이의 핑계는 무궁무진해진다.

박차고 떠난 이유는 제각각이어도, 일단 '여행'이라고 마음먹은 길 위에서는 아날로그의 흐름에 몸을 맡길 수밖에 없다. 여기서 출발해 거기에 도착하는 게 전부라면, 그건 그저 '점프'일 뿐이다. 물론 일상의 출근길만큼은 디지털이 효율적이다. 'teleportation', 순간이동이 가능하다면 더할 나위 없겠지만,

논두렁 위로 신기루처럼 퍼지는 여명이 일품인 나의 출근길은 다르다. 계절 따라 변하는 차창 밖 풍경은 직장인의 출근 스트레스를 덜어주고 있으니, 나는 이미 아날로그의 효용을 깨알같이 누리고 있다.

싸리 빗자루가 땅을 쓸듯 차와 함께 미끄러져 가는 동안, 풍경의 변화와 길의 휨과 높낮이를 온전히 체화해야 한다. 그래야 목적지에 도착한 나의 세포 속에 여정의 궤적이 새겨진다. 끊어지지 않는 흐름, 그 감각. 그래서 여행만큼은 아날로그여야 한다.

참새와 방앗간

아날로그식 이동 과정만으로 성에 차지 않을 때면 그리운 곳이 있다. 얼마나 다행인가. 춘천이다. 강릉에서는 유독 멀게 느껴지는 곳. 영서에서도 수도권과 인접해 실제 거리도 멀지만 심리적 거리도 만만치 않다. 태백산맥의 정점에서 극적으로 떨어져 내려 창대한 대양과 맞붙은 해안의 삶과, 근원에서 흘러온 두 강물이 합장하는 분지의 삶이 같을 수는 없다. 합강合江의 공간에서 영동과 영서가 조화를 이루는 모습을 그리고 싶다. 인제에서 흘러내린 물줄기가 넉넉한 소양강이 되어 시야를 가득 채우는 곳, 춘천의 진산인 봉의산 등산로가 코앞에 놓인 카페 '봉의산 가는 길'이다.

겨울로 들어서는 길목, 첫눈이 날리는 소양강의 야경을 여기서 바라본 적이 있다. 오래된 창틀이 프레임이 되어 창밖의 실상이 황홀한 허상으로 변하는 순간의 이미지는 충격적일 만큼 아름다웠다. 지금은 한창 기승을 부리던 강추위가 서서히 풀리고 봄이 스며드는 교체기여서 회색과 황색의 앙상블이 펼쳐져 있다. 머지않아 소양강변의 벚나무에는 핑크빛으로 터질 팝콘이 부풀어 오르겠지. 눅진한 장마철에도, 생명력이 수런거리는 한여름에도 이 카페의 창밖을 다시 바라보고 싶다.

봉의산 등산로 입구와 도로 건너 소양강을 눈에 담은 뒤 가게 문을 열고 들어갔다. '쟁쟁한 가내 수공업자들'을 단골로 둔 노정균 대표가 함박웃음으로 못난 동생을 환영한다. 몸 둘 바를 모르겠다.

노정균 대표의 단골 무리는 시인과 소설가, 화가와 조각가, 혹은 음악가 같은 (그의 표현대로라면) 가내 수공업자들이다. '공업'까지는 아닐지라도 분명히 집 안에서 자신의 손으로 세계를 빚어내는 사람들이다. 강원도의 자연과 사람 이야기를 글과 노래, 그림으로 되살려온 이들이 '참새'라면, '봉의산 가는 길'은 그들이 으레 들르는 방앗간이다. 문화예술인들의 만남의 장으로서 소박하게 제 역할을 해왔고, 작은 문화 행사도 꾸준히 열고 있다.

카페 '봉의산 가는 길'.

소슬한 바람처럼 마음에 오래 남았던 순간은 이곳이 '애도 카페'로 운영되었을 때였다. 애도 카페는 2022년 춘천문화재단의 '도시가 살롱' 프로젝트의 하나로, 죽음으로 인한 상실을 함께 나누고 극복하는 모임의 장이었다. 그 원형은 영국에서 시작되었다. 2004년 영국의 한 인류학자가 죽음을 주제로 편안하게 대화할 수 있는 공간으로 카페 '모텔Mortel'을 만들었고, 그곳을 찾은 손님들은 일상의 테이블에서 죽음에 대해 편안하고 자유롭게 이야기를 나누었다고 한다. 누구에게나 백퍼센트 닥쳐올 죽음을 함께 생각하며 공유한 셈이다. 여기서 '데스 카페Death Cafe'라는 개념이 탄생했고, 이후 죽음을 이야기하는 카페를 통칭하는 용어가 되었다. 그러니 영국에서 온 것이 '행운의 편지' 같은 요상한 것만은 아니었던 것이다.

죽음을 유난히 터부시하고, 삶과 죽음의 공간을 엄격히 분리해왔던 우리 문화에서는 선뜻 받아들이기 어려웠을지도 모른다. 그럼에도 '봉의산 가는 길'에서는 당시 부모나 배우자, 반려동물을 떠나보낸 이들이 삼삼오오 모여, 서로의 상실을 위로하고 다시 살아갈 힘을 얻었다고 한다. 글과 그림, 음악이란 것이 결국 슬픔을 어루만지고, 그럼에도 찬란한 삶을 상찬하기 위한 것이라면, 이곳에서 열린 애도 카페는 문화예술이 어디까지 닿을 수 있는지를 보여준, 하나의 정점과도 같았다.

재회의 밤에 술이 빠질 수는 없었다. 춘천의 상징인 봉의산과 소양강 사이에서 마시는 술은 약주가 제격이다. 이런 날은 강원도 전통주다. 독한 내공이 금세 엄습해 왔지만 강원도 누룩 특유의 고급진 풍미가 전신에 퍼지는 순간, 늦겨울의 찬 기운마저 잠시 포근하게 느껴졌다.

안부에서 시작된 대화는 곧 엉뚱하게도 동물 이야기로 가지를 뻗어 나갔다. 카페 앞 몇 미터 지점부터 바로 봉의산이 시작되기 때문일까. 산에서 막 내려온 멧돼지와 맞닥뜨린 이야기, 잡지 말아야 할 뱀을 잡은 이웃이 시름시름 앓다가 결국 몹쓸 병을 얻었다는 호러 스토리, 흥부처럼 다친 새를 품에 안아 살려냈다는 감동적인 일화까지.(이 형님은 곧 로또에 당첨될 듯싶다.) 포유류에서 조류, 파충류를 두루 아우르는 노 대표의 '동물 사랑 시리즈'는 그 자체로 한 편의 내셔널 지오그래픽이었다. 거들지 않을 수 없었다. 쿵 하면 짝 아닌가. 나 역시 십 년 넘는 시골살이 동안 맞닥뜨린 동물들이 얼마든지 있었다. 풀어놓지 않으면 안 될 이야기보따리가 만만치 않다. 재회의 기쁨으로 시작된 대화는 결국 동물농장으로 귀결되었다.

숙취에는 봉의산

각오는 했지만 이튿날 아침의 숙취는 생각보다 타격감이 컸다. 지금부터는 좀 엄살을 떨어야겠다. 해발 3백 미터 조금 넘는 산이니 가뿐하게 오르겠지 싶어 '해장 등산'을 마음먹었던 건데, 이건 장난이 아니다. 도심 속에 자리 잡은 춘천 시민들의 앞마당 같은 동산이 이렇게나 버겁다니. 앞서가는 사람 하나 없고 미끄러지기 십상인 오르막엔 안전 밧줄까지 설치돼 있다. 여기가 정말 춘천 시내가 맞는지 의심스러울 지경이다. 생수도 챙겨 오지 못했다. 후회막급이다. 혀는 바짝 말라가고 숨은 아슬아슬 가쁘기만 하다. 알코올의 역습만 아니었다면 폐활량에 도움이 되는 산행이었겠지만, 숙취 상태의 봉의산은 차라리 봉'악岳'산이다. 몰아쉬는 숨마다 녹두의 잔향이 나풀거린다. 아이, 향기로워라. 다 내 탓이다.

쓱싹쓱싹. 무언가 긁히는 소리에 고개를 돌려보니 청설모 한 마리가 견과류 껍질을 이빨로 까고 있다. 경계심이 거의 반려견 수준이니, 이 산이 도심 속 시민의 품 안에 있다는 사실이 다시 한 번 확인된다. 눈꽃치즈처럼 떨어지는 부스러기가 현란하다. 녀석의 껍질 까기 신공이 대견할 정도다. 이렇게 '동물농장'은 둘째 날까지 이어진다. 얼마 지나지 않아 정상이 보인다. 포기하지 않은 숙취 등반의 결실이다.

인터넷으로 검색한 자료는 해발 301.5미터라 나와 있고, 정상의 안내석에는 300.3미터로 표기돼 있다. 나이 들어 굽는 사람의 몸처럼 산허리의 척추가 눌려버린 건지도 모르겠다. 힘들게 올라온 얼치기 등산객에게는 선명한 풍경조차 허락되지 않

봉의산 등산로에서 내려다본 카페.

카페 건너에서 시작되는 봉의산 등산로.

았다. 남쪽 방향 춘천 시가지의 모습은 자욱한 안개 속에 묻혀, 반투명 창 너머로 어렴풋이 비치는 어떤 외경처럼 보일 뿐이다. 맑게 갠 날이었다면 도심 너머 구절산이 보였을 것이다.

동쪽 대룡산, 서쪽 삼악산에 더해 북쪽 소양강 너머에는 북배산이 희미하지만 위엄 있게 서 있다. 사방에서 봉의산을 호위하는 지킴이들이다. 감성이 남달랐던 우리 선조들은 이들 산줄기를 꽃잎에, 가운데 봉의산을 꽃술에 비유했다. 꽃 속에 포근히 안긴 춘천은 그러니 얼마나 향기로 가득한 도시인가. 춘천은 꽃잎들이 에워싸고 있는 천연 요새 같은 분지다.

춘천이 강원도의 굳건한 도청 소재지가 될 수 있었던 데에는 서로 다른 방향으로 흐른 역사가 있다. 조선의 정궁은 경복궁이다. 나라에 재난이나 전쟁이 닥쳐 정궁을 쓰지 못할 경우를 대비해 왕이 머무는 '이궁離宮'이 별도로 마련됐지만, 정궁이 위태로워지면 그 근처의 이궁도 안전하리라는 보장이 없었다. 그래서 국가적 위기 상황에는 멀리 떨어진 지방에도 별도의 이궁을 두어야 했는데, 그중 한 곳이 바로 춘천이다. 신미양요와 갑신정변으로 나라가 뒤흔들리던 시기, 고종은 천연 요새인 춘천을 피난처로 점찍었고, 이를 계기로 춘천 관찰부는 강원도 관찰부로 승격돼 강원의 수부首府가 되었다.

두 번째 계기는 민간의 힘으로 깔린 철도다. 1899년, 우리나라 최초의 철도인 경인선이 개통된 지 40년이 지나도록 강원도의 수부 도시 춘천에서 서울로 달리는 철도는 없었다. 그런데

이즈음 일제가 경원선이 지나는 철원으로 강원도청을 옮기려 하자, 도청 소재지 박탈의 위기를 감지한 춘천의 유지들이 십시일반 철도 건설 자금을 모아, 1939년 경춘선을 개통하기에 이른다.

1971년 경춘선은 청량리역까지 연결되며 낭만의 노선으로 거듭났고, '청량리-춘천'의 앞 글자를 딴 '청춘열차'는 수월하게 지은 이름만큼이나 가뿐하게 수많은 청춘들을 태우고 서울과 강원도를 오갔다. 역사의 스펙트럼 양 끝단에서 나온 이 두 의지가 오늘의 강원도청 소재지, 춘천을 만든 셈이라고 말한다면 과장일까.

이렇게 억울할 데가. 정상에서 세종호텔 쪽으로 내려가는 길은 올라온 코스에 비하면 그야말로 융단이었다. 이럴 줄 알았으면 등산을 세종호텔 코스로, 하산을 소양정 코스로 잡았을 것이다. 좋게 생각하자. 내리막 흙길에서 미끄러졌다면 청설모에게 구조를 요청해야 했을지도 모른다. 그리고 먼저 맞은 매는 부실한 허벅지에도 위로가 된다.

봉황의 위엄을 닮았다는 봉의산은 단순히 '춘천의 진산'이라고 부르기에는 한참 아쉬운 무엇이 있다. 몽골 침략의 기세를 막아낸 결사 항전의 역사를 품은 봉의산은, 그 뒤로도 춘천 사람들의 희로애락을 함께해왔다. 번듯한 국도가 깔리기 전, 화천과 양구로 가는 유일한 길목이었던 소양로는 산의 북쪽을 휘감아 돌았다. 이후 의암댐과 소양강댐이 들어서며 후평산업단지

세종호텔 쪽 봉의산 등산로.

가 조성되는 동안에도 봉의산은 가파른 개발의 역사를 묵묵히 지켜봤다. 산의 앞뜰이란 뜻의 '전평리前坪里'라 불리던 근화동에는 지금은 없어진 캠프페이지가 주둔하고 있었다. 주한미군과 50년을 공생한 그 세월은, 춘천 시민들의 가슴마다 얼마나 절절한 이야기를 새겨놓았을까. 봉의산 남쪽 기슭의 호젓한 터에는 지금 도민의 삶을 책임지는 강원도청이 있다.(도청은 동내면 고은리로 이전할 예정이다.) 춘천 시민들에게 봉의산은 지나온 삶의 증거이자 앞으로 살아갈 삶의 기둥이다. 산은 삶이다.

그리워서 애만 태우는

봉의산을 올랐으니 이제 소양강으로 내려간다. 해가 지는 방향으로 강남 쪽 둔치를 걸어가면 소양 2교가 서서히 존재감을 드러낸다. 1951년 미군이 군수 물자를 실어 나르기 위해 만든 나무다리가 그 시작이었다. 1960년대에 콘크리트로 다시 지으면서 지금은 6차선 광폭 교량으로 변모했다. 다리 아래 강변길을 걷다 보면 춘천의 또 다른 상징이 모습을 드러낸다. 2005년 '춘천 시민의 날'을 기념해 세워진 '소양강 처녀'상이다. 이 처녀가 왼손에 쥐고 있는 것은 무엇일까? '해 저문 소양강에 황혼이 지면 슬피 우는 두견새'가 있던, 그 외로운 갈대밭의 갈대다. 1970년 김태희(본명 박영옥)가 부른 〈소양강 처녀〉는 발표 당시 센세이션을 일으켰고, 잊을 만하면 리메이크되는 덕분에 국민 가요의 반열에 오르게 되었다.

〈소양강 처녀〉의 그 '처녀'는 상상 속만의 인물이 아니다. 분명한 모델이 있다. 요즘으로 치면 '아이돌 연습생'쯤 될까. 춘천 출신의 가수 지망생 윤기순이 바로 그 주인공이다. 1960년대 후반에도 메이저 엔터테인먼트의 본고장은 서울이었다. 성공을 꿈꾼다면 일단 상경해야 했다. 서울가요작가동지회에서 노래를 배우고 있던 딸 기순을 위해 아버지는 가요계 관계자들을 춘천으로 초대했다. 그녀의 아버지는 소양강변에 살던 어부였으므로 감칠맛 나는 민물매운탕을 제대로 대접했을 것이다. 그때 춘천을 찾은 이들 중에 스타 작사가 반야월이 있었다. 어느 날 소양강을 건너던 중 배에 타고 있던 윤기순의 모습이 그의 눈에 들어왔다. 바로 그 순간 그에게 〈소양강 처녀〉의 노랫말이 번개처럼 떠올랐다고 한다. 찰나를 잡아채는 능력은 예술가라면 결코 양보할 수 없는 본능임이 분명하다.

김태희가 아니라 열여덟의 '딸기 같은' 가수 지망생 윤기순이 이 노래의 주인이 됐다면 어땠을까. '너마저 몰라주면 나는 나는 어쩌나' 하는 일인칭의 고백이 더욱 절절했을 것이다.

'소양강 처녀'상을 지나치면 스카이워크가 강 한복판을 향해 길게 뻗어 있다. 투명한 바닥은 자연의 민낯을 노골적으로 드러내지만, 솔직히 나는 이런 유리 바닥이 전혀 무섭지 않다.

'소양강 처녀'상.

투명해도 밑에 단단한 바닥이 있다는 걸 뻔히 아니까.

그런데 찍은 사진을 보니 스카이워크의 직선과 터널 공사 현장이 하필 평행으로 겹쳤다. 멍청한 구도로 사진을 찍다니, 순전히 나의 실수다. 수면 위로 고개를 드러낸 기초 구조물은 여기서 끝나지만, 눈에 보이지 않는 연장선을 따라 의암호 밑에서는 동서고속철의 하저河底 터널 공사가 한창이다. 춘천에서 화천, 양구, 인제, 백담을 거쳐 속초까지 연결되는 노선의 지하 구간이다. 2028년 완공이 목표라니, 그리 멀지 않은 미래다. 혹시라도 이 책이 잘 팔려 중쇄를 찍는다면, 철도 공정에 맞춰 이 부분도 업데이트해야겠지. 그럴 가능성이 얼마나 될까. 여러분에게 달렸다.(굽신굽신)

한글 이름으로 부르면 훨씬 매력 터지는 지명이 있다. 춘천春川은 배배 꼴 필요도 없이 곧바로 '봄 내'다. 청초하고 간결하고 서정적이다. 정작 봄이 가장 늦게 오는 강원도 분지 마을에서, 긴 겨울을 깨고 흐르는 '봄 내'의 감성은 얼마나 소중한가.

연달아 지어진 댐들은 살아 움직이는 강을 가두어 길들이듯 호수로 탈바꿈시켰다. 수몰된 마을의 사람들은 호수 아래에 잠긴 옛 동네가 전설 속 고향인지, 실제로 존재했던 삶의 흔적인지, 그 모호한 경계를 오가며 살아간다. 국가의 발전發電과 방어를 위해 댐과 미군 기지의 주둔을 감내해온 봄내골이기에 이제는 더 봄처럼 활짝 피어나야 한다.

　동물 이야기로 가득할 카페에서의 만담을 앞두고 가벼운 저녁을 먹으러 가는 길, 운전석에 앉은 노정균 대표가 중도 너머로 드리운 노을을 바라보며 사람 좋은 미소를 함박 짓는다.

　"난 말이야, 오늘같이 어슴푸레한 날이 오히려 좋아. 이런 날엔 산들이 수묵화가 되거든. 맨 앞에서부터 저 멀리 끝까지 한 겹씩, 또 한 겹씩, 원근법이 따로 필요 없어. 여긴 말이야, 정말… 너무 예뻐."

소양강 스카이워크와 그 뒤로 보이는 의암호 철로 공사 구간.

학산

백경白景

눈 위에 덩그러니 올려두기만 해도 세련된 배색 효과를 낼 것 같은 감귤. 겨울엔 감귤이다. 그래서 올 겨울도 감귤을 깐다. 꼭지가 붙어 있는 곳의 반대쪽, 살짝 오목하게 들어간 '엉덩이' 같은 느낌의 그곳부터 공략해야 한다. 청결한 엄지손톱으로 먼저 지그시 누른 뒤 열 손가락에 고르게 힘을 실어 감귤을 절반으로 '착' 가른다. 거의 본능적으로. 보기엔 별거 아닌 것 같아도 이런 식으로 감귤을 까는 사람은 의외로 많지 않다. 초짜 제주도민 시절엔 꼭지 쪽부터 갈기갈기 찢어 까다가 토박이들의 눈총을 받았는데, 강원도에서는 몸에 밴 탐라의 개인기가 제법 대접을 받는다. 반으로 가르면 껍질 까는 시간도 줄고, 감귤 한

개에서 나오는 껍질 조각도 많아야 두 개뿐이라 버릴 때도 산뜻하다. 대접받아 마땅한 신공이다.

감상에서 제설까지

더 귀해져서 더 달콤한 감귤의 풍미를 느끼며 설경을 바라보는 일은, 쌓인 눈의 양과 내리는 눈의 기세에 따라 낭만이 될 수도 게으름이 될 수도 있다. 늦겨울이라 부르는 2월에만 벌써 다섯 번째다. 그냥 눈도 아닌 폭설만 따져서 그렇다. 다른 것 다 떠나서 장관이긴 하다. 서울 사는 친구가 우리 집에 머물렀다면 입 벌리고 창밖을 보느라 시간 가는 줄 몰랐을 것이다. 창을 기준으로 안쪽은 생활이고 바깥은 환상이다. 회색의 하늘 아래 모든 존재들이 무해한 백색이다. 세상이 온통 무균실이 된 듯 동물의 발자국조차 불경스럽다.

딱 한 시간만 감상하자. 그 뒤에 까 먹는 감귤은 게으름의 상징이다. 내일 출근하려면 사투를 벌여야 한다. 집 앞마당과 진입 도로에 쌓인 눈을 치우지 않으면, 차는 1미터도 앞으로 나아가지 못할 것이다.

시골의 겨울 해는 어쩌면 그렇게도 성미가 급한지. 남향인 집 앞은 시야가 활짝 트여 있어 계절마다 해의 궤적과 수명을 관찰하기 수월하다. 지금 바로 눈 치우기를 시작한다면 어둠이

강릉시 구정면 학산리 마을의 설경.

하늘을 집어삼키기 전에 끝낼 수 있을 듯하다. 창고로 가는 일조차 쉽지 않다. 장화의 끝과 바지 사이로 눈이 스며든다. 어쩔 수 없다. 눈 때문이건 땀 때문이건 홀딱 젖을 각오는 이미 했으니까. 눈삽을 꺼내 마당으로 돌진한다.

한 번의 삽질로는 바닥까지 긁어내지 못한다. 예상했던 대로다. 욕심을 내려두고 얇게 수평으로 쓸어 담아 구석으로 던진다. 생크림 케이크의 표면을 5밀리미터씩 포 뜨는 느낌이라고 할까. 단순 반복 작업은 누구보다 자신 있지만, 강원도에서 눈을 치울 때는 쉽게 한계가 찾아온다. 제설차가 와도 단숨에 치워지지 않을 양인데, 이베리코 하몽 저미듯 작업을 해서는 끝이 날 것 같지 않아 결국 욕심을 낸다. 삽을 든 두 팔이 떨릴 만큼 듬뿍 눈을 담아 던지고 또 던지다 보니, 드디어 민낯이 드러나는 바닥 면적이 확연히 넓어졌다. 그래, 빨리 끝내고 쉬는 게 낫지. 부스터를 가동한다. 어느덧 마당 입구까지 진격했다.

최대한 많이 담아 올리려 삽을 깊숙이 찔러 넣는 순간, 드디어 삽자루 부러뜨리기에 성공한다. 덤으로 허리 통증 재발. 풀썩, 눈 위에 주저앉는다. 앉은 김에 쉰다고, 좌선 자세로 신랄한 자아비판이 이어진다.

하늘은 온갖 허물과 잡티를 덮어주겠다며 이리도 노력하는데, 인간들은 기를 쓰고 하얀 이불을 걷어내려 한다. 순백의 선물은 이 정도면 충분하니 제발 그만하라는 주민들의 외침은 허공에 흩어질 뿐이다. 낭만을 초과한 순간, 강원도의 눈은 운명처럼 무겁게 내려앉는다.

학이 내려온 마을

푸른 여름날엔 하늘과 바다의 경계가 흐려지지만, 늦겨울 강원의 촌은 또 다른 이유로 하늘과 땅의 분간이 어렵다. 논과 밭, 과수원으로 저마다의 역할을 뽐내던 땅들이 모두 하얗게 덮여 하나의 본질로 돌아가기 때문이다.

육중한 백두대간을 바라본다. 저 너머 높고 깊은 곳에서 보내는 겨울은 얼마나 혹독할까. 산맥이 가파르게 깎여 없어진 여기 영동의 땅에서 바라보는 겨울은 어쩐지 안쓰럽다. 그러나 동해에서 불어오는 구름 바람이 산맥에 부딪히기라도 하는 날이면 해안 쪽의 눈은 첩첩산중 못지않은 기세를 가차없이 뿜어낸다. 멋을 내려 일자로 새침하게 뻗은 현대식 처마도, 수평으로 팔을 벌린 침엽수 가지들도 아랑곳없다. 적설량도 센티미터보다 미터로 세는 편이 나을 정도다.

"살아 학산, 죽어 성산."

이 말은 너무도 단정적이어서 처음엔 충격적이었다. 삶과 죽음의 무대를 이렇게 무서울 정도로 단순화해도 되는 걸까. 그러나 이 믿음은 이 지역에서만큼은 절대적이다. 살기에 좋은 터는 학산이요, 묻혀 편안할 명당은 성산이라는 말이다. 정확히는 강릉시 구정면 학산리와 강릉시 성산면을 말하는 것으로, 행정구역상 동생뻘인 '리'가 형님인 '면'과 어깨를 나란히 하는 형국이다.

살아 좋을 학산은 실제로 학이 많이 살았거나 학이 날개를 펼친 듯한 지형이어서 붙여진 지명이라고 한다. 남북으로 뻗은 백두대간이 동쪽으로 몸을 틀어 우뚝 솟아오른 칠성산의 전경은 압권이다. 소 울음소리와 황금빛 논의 물결이 시청각을 동시에 어루만지는 것이 흐뭇하다. 학의 고고한 자태도 순백이고, 마을을 덮은 눈의 이불도 순백이니, 지명에 맞춤한 계절은 겨울일 수도 있겠다.

백학을 타고 학산리를 내려다보는 상상을 해본다.

지금의 학산리 심장부에 있던 굴산사는 통일신라시대에 엄청난 규모를 자랑한 사찰이었다. 당시의 위세는 지금도 남아 있는 높이 5.4미터의 당간지주만 봐도 쉽게 짐작된다. 굴산사가 지금까지 보존돼 있었다면, 불국사에 버금가는 국내 최대의 사찰 탐방지가 되었을 것이다. 굴산사는 강릉인들의 정신적 지주인 범일국사와도 자연스럽게 연결된다. 국사國師로 모시겠다는 각계의 청을 모두 거절하고, 당나라 유학 중에 돌아와 직접 굴산사를 지었다는 창건설이 유력하다.

범일국사는 단순한 지역의 역사적 인물을 넘어 영동 지역민에게는 수호신과도 같은 존재다. 강릉 단오제가 이어져 오는 이유 그 자체이고, 섬김의 대상으로서 절대적인 존재다. 한때 대관령을 너머 한반도 동쪽을 대표하던 국보급 대사찰의 터를 지금은 나의 반려 진돗개와 함께 거닐 수 있다니, 이런 호사가 없다.

마을을 가로지르는 섬석천 덕분에 논농사가 일찍부터 발달해, 농요農謠가 원형 그대로 보존된 것 또한 학산리의 자랑이다. 이름부터 야무진 〈오독떼기〉는 모를 심고 김을 매며 부르던 소리다. 동서남북에 중앙까지 더해 '다섯 도랑伍瀆'을 '일군다開拓'는 뜻에서 비롯됐다는 설도 있고, 다섯 번 꺾어 부르는 구성 때문에 붙은 이름이라는 주장도 있다. 제주 민요로는 〈오돌또기〉, 경기 민요로는 〈오독도기〉가 알려져 있는 걸 보면, 하나의 어원에서 비롯된 명칭임을 알 수 있다. 강원도 무형문화재로 지정된 만큼 제법 규모 있는 전수회관이 소나무 숲 사이에 우뚝 서 있는 모습만 봐도 전통을 이어온 사람들의 자긍심이 절로 느껴진다.

강릉 커피 이야기는 잠시 미루어두기로 한다. 지금은 그저 흰 겨울과 어울리는 빨간 벽돌 건물의 운치에 집중해야겠다. '살아 좋은 학산'이라 당분간의 보금자리로 선택하긴 했지만, 전국 최고의 커피 성지가 이렇게 가까울 줄은 몰랐다. 전국 테라로사의 본산인 테라로사 커피 공장이 지척이다. 행정구역상

테라로사 커피 공장.

은 '어단리'에 속하지만, 학산리와 경계를 이루고 있어 찾아가기에 아무런 부담이 없다. 수십 센티미터의 꼬마 크레바스들에 발이 푹푹 빠지는 불편쯤은 감수할 만하다. 커피가 당기면, 이렇게 한적한 겨울의 테라로사를 무려 걸어서 갈 수 있다. 이만하면 낭만이 차고도 넘치는 커피 산책길이다.

백白

검정은 빛을 흡수하고 흰색은 반사한다. 상식이다. 그래서 눈도 빛을 되쏜는다. 한 줌 받아들이는 것 없이 까탈스럽게도 모든 색을 밀어낸다. 무조건 반사가 곧 존재의 이유라니 얄밉기까지 하다. 그러고 보면 백색이란 아무 색도 품지 않은 상태에 붙인 이름일 뿐 특정한 색이라고 부르기조차 애매하다. 수용에 익숙지 않은 주체에게는 단순한 백색이 어울린다. 까다로운 사람이 파스텔 톤의 스웨터를 입고 있는 걸 보면 어쩐지 얄궂다.

특유의 모난 성질에도 불구하고 백색은 의외로 긍정적인 상징을 훨씬 많이 품고 있다. 순수, 순결, 완전함, 영적인 권위, 평등과 평화…. 가톨릭에서는 오직 교황만이 교회 밖에서 완전한 색으로 여겨지는 흰옷을 입을 수 있었고, 이슬람 신도들은 메카 순례길에 반드시 흰옷을 갖춰 입었다. 화이트칼라는 오래도록 고귀한 부류를 뜻했으며, 권력 가까이에 있는 사람들은 이왕이면 정부의 '화이트 리스트'에 오르길 바란다. 약간의 경멸이 섞여 있다 해도 백색은 편안하고 안락하며 좋은 것으로 받아들여진다. 심지어 '하얀' 거짓말이라는 말도 있지 않은가.

다른 차원의 상징도 있다. 백색은 동북아 문화권 대부분에서 애도나 죽음, 귀신을 떠올리게 하는 색이다. 권위를 내세우기 위해서가 아니라 상중喪中의 비애를 드러내기 위해 흰 상복을 입는다. 우리 전설 속의 처녀 귀신이나 사람으로 둔갑한 구미호 역시 항상 '소복', 즉 흰옷 차림이다.

흰색을 두려워하는 건 중국 사람들이 한 수 위인 듯하다. 우리는 장례식뿐 아니라 축하와 축복의 자리에서도 흰 봉투에 돈을 넣어 전달한다. 간혹 고급스러운 색의 봉투도 사용하지만, 흔히 구할 수 있는 기본형이 흰색 봉투라 자연스레 굳어진 관습이다. 그러나 중화 민족의 관혼상제라면 이야기가 달라진다. 귀신의 기운이 서린 흰색 봉투에 어떻게 축하의 뜻을 담을 수 있느냐며 거품을 물고 당신을 쫓아낼지도 모른다. 복을 기원하는 설날에 흰색이 아니라 행운을 상징하는 빨간색 봉투를 쓰는 것도 같은 맥락이다.

이렇게 호불호가 극명히 갈리는 백색이지만, 우리나라든 중국이든 흰색은 곧 귀신이라는 상징 체계만큼은 공통적이다. 그러고 보면 화이트 리스트에 이름을 올리려면 결국 귀신같은 처세술이 기본 조건이라는 뜻일까.

섬석천이 흐르는 학산리의 설경.

한강의 소설 『흰』에서는 흰 것들의 목록이 나온다. 태어난 지 두 시간 만에 죽은 언니, 단장斷腸의 고통을 고스란히 겪어낸 어머니에 대한 기억은 숱한 백색의 이미지로 밀려온다. 흰 것은 모조리 얼어붙은 날카로움이 아니었다. 흘러내리는 촛농은 흰 심지의 불꽃에 자신의 몸을 서서히 밀어넣으며 사라진다고 했다. 그러면서 때로 더럽혀지더라도 오직 흰 것을 건네고자 하는 '뜨겁고도 따뜻한 흰색'을 염원했다. 이 소설에 대한 문학평론가 권희철의 말처럼 보다 근본적이며 다른 모든 색들을 가능하게 하는 바탕색으로서의 색, 모든 소리를 만들어주는 침묵으로서의 색은 눈의 정체인 백색인 것이다. 만물의 거죽 위에 도화지를 깔아주며 태초의 붓질을 가능하게 하는 흰 눈을 어떻게 원망할 수 있을까. 티끌로 가득한 세상을 원시의 신비로 덮어주는 학산의 폭설은 촛농과도 같다.

창문에 닿은 눈은 스스로의 결정이 되어버린다.
육각형의 마법이다.
지붕에도 전깃줄 위에도 머리 위에도 흰색이 낭자하다.
내가 사는 이곳은 강릉시 구정면, 백색의 학산리다.

PART 2
풍경을 빚는 건 사람

다시
그날이군요

지금도 사무실 벽에는 커다란 종이 달력이 못에 걸려 있다. 제2금융권에서 연말이 되면 보내주는 단순미 넘치는 달력. 시력의 차이를 무색하게 만드는 큼지막한 숫자들은 볼 때마다 통쾌하다. 탁상용 달력은 바로 내 눈앞에 있어 스케줄을 채워 넣기 좋지만, 벽걸이 달력은 사실상 장식용일 뿐이다. 빈 벽을 그냥 두지 못하는 대한민국의 전형적인 사무실 풍경. 그래도 벽걸이 달력은 분명한 효용이 있다. 한 달에 한 번, 사정없이 찢을 수 있다는 것. 탁상용으로는 맛볼 수 없는 짜릿함이다.

달력을 찢을 때 나는 단 하나의 원칙을 지킨다. 절대 미리 뜯지 않는다는 것. 말일일지라도 아직 지나가지 않은 이달의 일부다. 똑같이 귀한 하루인데 성급하게 다음 달로 넘기며 사망 선고를 내릴 수는 없지 않은가.

Please be polite to your days!

매달 1일에 찢는 이 철칙은 굳건하지만 벽걸이 달력 앞에서 유난히 마음이 부산스러워지는 철이 있다. 소풍을 기다리는 초등학생처럼 안절부절못한다. 일 년 중 꼭 이맘때, 단오제가 다가오는 4월에서 5월이 그렇다. 단오가 음력 5월 5일이니, 양력으로는 보통 5월 말에서 6월에 찾아오기 때문이다.

'이번 단오제는 언제부터지?'

더 무서운 것은, 이런 달력 앞의 부산스러움이 집단적이라는 사실이다. 강릉 시민이라면 누구나 공유하고 있는 계절적 습관에 가깝다. 강릉단오제와 얽히고설킨 집단 무의식은 축제가 다가오고 있다는 어슴푸레한 전조처럼 느껴진다.

우리 술은 우리 쌀로

강릉 하면 단오제. 너무 뻔하다. 뻔하다는 것은 때로는 막강하다는 뜻이기도 하다. 누구도 이의를 제기할 수 없을 만큼 자명하다는 의미니까. 유네스코가 인정한 강릉단오제는 쌀독에 쌀을 채우는 일에서부터 시작된다. 음력 4월 5일, 그러니까 단오 꼭 한 달 전, 신주神酒를 빚기 위한 원료를 모으는 작업이다. 제사에는 술이 필요하므로.

신주미 봉정 자루에 쌀을 꽉 채워(3킬로그램), 가족의 기원을 적은 동봉된 양식과 함께 동 주민센터 등에 접수하면 신주 교환권을 내준다. 한 자루에 한 장. 교환권 두 장을 얻겠다고 집의 쌀을 바닥까지 긁어모은다. 이렇게 모인 쌀은 강원 영동 지역의 막걸리 시장을 압살하는 '사임당 막걸리'로 보내져 매년 '리미티드 에디션'으로 출하된다. 진정한 십시일반의 사례다. 우리 명절엔 우리가 모은 쌀로 즐기는 것이다.

주당들의 군침은 출시 한 달 전부터 입 속을 맴돈다. 올해 신주는 목 넘김이 예술일 거라는 등 근거 없는 추측과 분석이 난무한다. 하지만 축제가 시작돼야만 비밀의 맛이 밝혀지는 법. 섣부른 예상은 접어두고 차분히 기다리는 것이 미덕이다.

강원도 유형문화재인 칠사당에서는 조선시대의 농사·호구·병무·세금·교육·재판·풍속의 일곱 가지 행정을 관할하던 관청의 역할을 이어받아 오늘도 신주 빚기가 진행된다. 먼저 솔잎을 넣고 물을 끓인 후 항아리를 거꾸로 세워놓는다. 가마솥에서 피어오르는 연기로 항아리 안을 소독하기 위해서다. 정갈한 술독이 솔향을 은은히 품어가는 순간, 더욱 기다려지는 신주의 풍미!

신주 빚는 날의 백미는 단연 무녀와 제관들의 부정굿이다. 사진을 보면 굿을 하는 제관들의 입에 하얀 무언가가 물려 있다. 도대체 무엇을, 어째서 물고 있는 걸까?

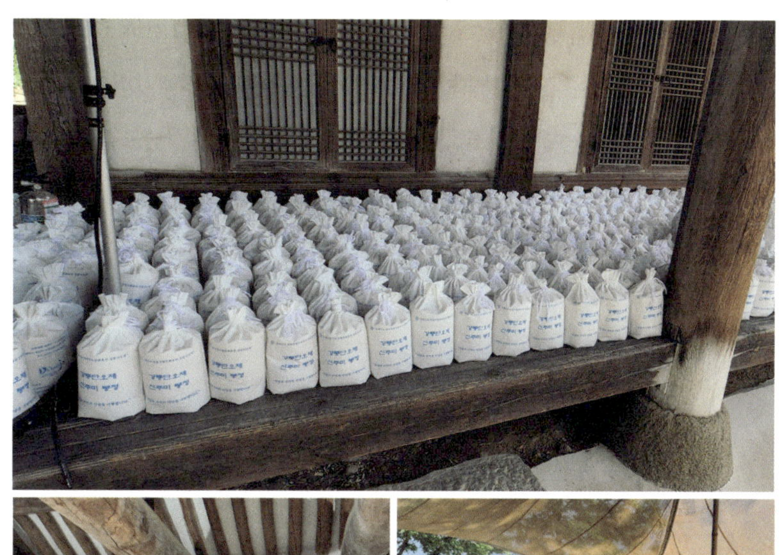

▲ 신주 빚는 날, 칠사당에 집결한 봉정미.

▼ 신주 빚기가 진행되는 칠사당.

하얀 것의 정체는 '하미'라고 하는 접은 한지다. 입에 하미를 물고 있는 까닭은 식당 주방이나 대형 마트 시식 코너를 떠올리면 금세 이해된다. 술을 담그는 동안 침이나 부정한 물질이 섞이지 않게 하기 위해서다. 혹여 침이 새어 나와도 한지가 그대로 흡수해버린다. 조리용 위생 마스크의 원조이자 클래식 버전인 셈이다. 엄숙한 신주 빚기 자리에서 잡담을 막는 효과는 덤이다. 혹시 진짜 목적은 그것일지도 모르겠다.

슈퍼 호스트의 강림

신주 빚기 열흘 뒤인 음력 4월 15일에는 대관령 자락이 모처럼 시끌벅적해진다. 강릉단오제의 호스트인 국사성황에게 제를 올리는 날이다. 먼저 서열상 윗자리에 있는 산신각의 산신에게 제를 올리고, 그 뒤에야 국사성황에게 예를 표한다. 재미있는 것은 전각의 규모다. 서열과는 어울리지 않게 국사성황을 모신 성황사에 비해 산신을 모신 산신각은 지나치게 단출하다.

대관령 국사성황의 정체는 범일국사다. 선종의 대덕大德이자 구정면 학산리에 있던 굴산사를 창건한 인물. 그렇다면 이 위대하신 범일국사조차 경례를 올려붙여야 하는 산신의 정체는 무엇일까. 놀랍게도 그 역시 실존 인물로, 바로 삼국시대의 슈퍼스타인 김유신 장군이다. 지명도로만 따져도 먼저 제를 받

▲ 대관령 숲속에 자리한 산신각.

▼ 산신각 맞은편의 국사성황사.

을 자격이 충분하다.

그런데 참 뜬금없다. 김유신 장군이 왜 서라벌이 아닌 대관령에서 신으로 모셔지고 있을까? 역사 자료를 보면, 김유신은 명주溟州(강릉 지역의 옛 지명)에 와 산신에게 무공을 배워 삼국 통일을 이루었다고 한다. 그러니까 강원도의 깊은 산골로 '무술 유학'을 온 것이다. 대관령은 삼국 통일의 씨앗을 잉태한 공간이 되었고, 김유신은 세계 최초의 '유학생 산신령'이 되어버렸다. 역사와 신화의 예상치 못한 콜라보다!

산신령님은 전각에 고이 모셔두고, 국사성황인 범일국사가 호위를 받으며 대관령을 내려온다. 국사성황 행차다. 강릉 시내로 내려온 성황은 사실 이날만을 기다려왔다. 호랑이에게 물려가 뜻하지 않게 여성황이 되었다는 정 씨의 딸과 일 년 만에 해후하는 날이기 때문이다. 강릉 버전의 견우와 직녀인 셈이다. 올해도 여성황사에서 만난 두 분은 단오제를 흐뭇하게 지켜보시겠지.

마음이 바빠진다. 얼른 축제 속으로 뛰어들고 싶다. 영신제를 시작으로 강릉단오제는 드디어 막이 오른다. 시민들이 성황신들에게 '홀리는' 시간이다. 2025년 강릉단오제의 주제는 '스무 살 단오'다. 멀게는 기원전 120년을 강릉단오제의 출발로 보는데, 고작 스무 살이라니? 그렇다면 지난해까지는 술도 입에 못 대는 축제계의 청소년이었단 말인가. 그럴 리 없다. 이 '스무 살'은 강릉단오제가 유네스코 인류무형문화유산으로 지정된

지 20년이 된 것을 기념한 주제다. 세계유산으로서도 이제 당당히 어른의 위치에 올랐다는 뜻이니, 성인식을 슬쩍 넘길 수는 없는 일이다.

장터로 싹 다 '모이바'

음력 5월 5일은 덥다. 해마다 온난화가 심해지는 탓에 초여름 더위가 점점 더 일찍 찾아온다. 음력이 아닌 양력 5월 5일이었으면 얼마나 좋았을까 싶은 마음도 들지만, 아니다. 하늘 같은 어린이들을 생각하면 이런 망발을 할 수는 없다. 어쨌든 단오제를 즐기려면 주르륵 흐르는 땀쯤은 각오해야 한다. 물티슈를 꼭 챙기자.

올해도 남대천 변을 걷고 있지만 신기함은 매년 되풀이된다. 단오는 어느 지역에나 있는 명절인데 왜 강릉에서만 이토록 열광하는 걸까. 유네스코도 혀를 내두르며 무형문화유산으로 인정할 정도니 '오버'도 이쯤 되면 전통이다.

전문가들은 강원도의 혹독한 겨울 추위를 이유로 꼽는다. 이상 고온이 잦지 않던 그 옛날, 세찬 칼바람과 폭설로 목숨까지 위태로웠던 강원도민들은 간절히 봄날을 기다렸다. 궁핍과 움츠림 속에서 어느 지역보다 따뜻함을 갈망했던 강릉 사람들에게 가장 절실한 것은 충천하는 태양의 기운이었다. 그래서 양의 기운이 겹치는 단옷날을 반길 수밖에 없었다.

우리말로 단오는 '수릿날'이다. '수리'는 높다는 뜻이니, 높게 뜬 태양이 양기를 내뿜는 날이 곧 수릿날이다. 겨우내 땅속에 뿌리를 박고 있다가 5월이 되어 잎을 틔운다는 수리취 나물은 단오의 상징이다. 그래서 단오장에서는 무료로 나누어주는 수리취떡을 반드시 먹어야 한다. 높이 나는 수릿과의 독수리들을 '수리'라고 통칭하는 데에도 다 이유가 있었다. 수리수리 마수리.

단오장을 하루만 찾는 강릉 시민은 드물다. 한 번도 안 가본 사람은 있어도 한 번만 가본 사람은 없다는 말이 강릉 단오장에는 정확히 들어맞는다. 하루는 동창들과, 그다음 날은 가족들과, 이틀 쉬고 나서는 직장 동료들과 어울렁더울렁해야 하니 그럴 수밖에 없다.

며칠을 단오장으로 출석하다 보면 도포 자락을 한 마리 학처럼 휘날리며 곳곳을 누비는 한 어르신을 반드시 보게 된다. '걸어 다니는 강릉단오제'라 불리는 김동찬 위원장이다. 강릉단오제가 도약하는 데 결정적인 역할을 해온 그는 행사의 모든 것을 직접 챙긴다. 혹시 마주치게 되면 망설이지 말고 물어봐도 좋겠다. 언제 무엇을 봐야 강릉단오제를 온몸으로 흠뻑 흡수할 수 있는지.

해마다 강릉 남대천 둔치는 전국 이불 도매상들의 단합대회장이나 다름없다. 더위가 시작되는 계절의 초입, 강릉 단오장

▲ 남대천 둔치의 강릉단오제 현장.

▼ 김동찬 강릉단오제 위원장.

▲ 단오장에서는 이불 쇼핑을.

▼ 단오장 계절음식점에 모인 사람들.

은 여름 이불과 침구 세트 쇼핑의 진정한 메카가 된다. 가격도 저렴한 데다 단오장에서 이불을 사면 대박이 난다는 믿음까지 있어, 인근 숙박업소 업주들은 단오장터 매출의 일등 공신이 되곤 한다. 팁 하나 드린다. 단오제가 끝난 다음 날 아침, 철수를 앞둔 점포로 가보자. 할인에 할인을 더한 파격 '라스트 세일'의 기회가 기다린다.

경건한 마음으로 단오신을 모셨으니 이제 됐다. 이것저것 고민하지 말고 그냥 싹 다 모여 놀아야 한다. 강릉 남대천의 밤은 누구도 말릴 수 없다. 한낮의 더위도 어둠 속으로 꼬리를 감추고, 둔치를 따라 선선한 바람이 불어온다. 극소수만이 즐길 수 있는 신주가 아니어도 상관없다. 취기가 돌고 나면 위장의 명주 판별 능력은 어차피 흐려지기 마련이니까.

커다란 웃음소리가 들리는 쪽을 돌아보면 어김없다. 단오장에서 우연히 마주친 지인들과 그동안 못 나눈 회포를 푸느라 웃음이 폭죽처럼 터져 나오는 자리다. 강릉단오제에서 아는 사람을 한 명도 못 만났다면 인생을 헛살았다는 말이 있을 정도다. 물론 관광객은 제외하고. 그래서 강릉의 인싸들과 함께 단오장을 거닐기라도 하면, 가다 서다를 반복할 수밖에 없다.

하늘에 별자리가 하나둘 그려지기 시작하면, 어울렁더울렁 단오장은 별천지가 된다. 모두의 사연이 저마다 반짝이며 어두운 밤하늘로 둥실 떠오른다.

강릉단오제의 완벽에 가까운 시민 전승이 이어져온 이유는 두 가지다.

첫째, 제례의 신화 공간이 지금까지도 고스란히 보존돼 있다. 산신과 성황신을 모시는 대관령 산신각과 국사성황사가 여전히 건재하다. 더구나 신령으로 모시는 존재들이 실존 인물이기에 그 공간은 뜬구름 잡는 허구의 무대가 아니다. 높이 솟은 아파트 숲의 변두리에 있지만 여국사성황당이 현존하며, 성황신인 범일국사의 본거지인 학산의 서낭당 역시 굴산사의 지난 영광과 함께 자리를 지키고 있다. 제례의 배경과 축제의 현장이 톱니바퀴처럼 맞물려 한 치의 오차도 없이 서로를 지탱한다.

두 번째 이유도 어찌 보면 첫 번째 이유의 확장판이다. 강릉시를 굽어보는 대관령의 신령함 때문이다. 그곳의 산신은 속세와 단절된 절대자가 아니다. 강릉의 신들은 전설과 신화 속에서 백성들의 안위를 살펴왔고, 산 아래에 사는 우리는 그 안녕에 감사하며 잔치로 응답해왔다. 수직의 숭엄과 수평의 범속. 십자수를 뜨듯 교차하는 성속聖俗 합일의 스토리텔링, 바로 그것의 구현이야말로 강릉단오제가 오늘까지 존속하는 비결이 아닐까.

두 통의 신주로는 턱도 없다.
열심히 벌어 내년엔 곳간에 쌀을 더 많이 남겨둬야지.
박박 긁어내 두 손 무겁게 바치고 나면

농민도 좋고, 나도 좋고.

소중한 사람들의 술잔에도 넉넉히 은하수를 채워줘야지.

대관령 자락이 남대천을 지긋이 내려다보고 있다.

슈베르티아데 인
평창

바다 건너 제주도의 날씨는 남북으로 확연히 다르다. 한라산을 중심으로 제주시와 서귀포시를 오가다 보면, 같은 섬이 맞나 싶을 정도로 기상 차이를 바로 체감하게 된다.

그렇다면 강원도는 어떨까. 한반도의 등줄기인 태백산맥을 기준으로 동쪽과 서쪽의 날씨가 사뭇 다르다. 제주의 남북이 기상 차이라면 강원의 동서는 기온 격차다. 같은 여름이라도 해안에 면한 영동은 선선할 때가 많지만, 영서는 달걀이 반숙이 될 정도로 불지옥이기 일쑤다. 반대로 40도 가까이 치솟는 무지막지한 더위가 영동을 덮치는 날이면, 산맥 너머 영서는 고지대 특유의 선선한 기운이 감돌기도 한다. 푄 현상도 한몫할 것이다. 겨울의 기온 차이는 지형에 따라 비교적 일정한 편이다. 바다를 끼고 있는 해안은 상대적으로 따뜻하고, 고지대에 분지 형 마을이 많은 영서는 혹독하다.

두 지역에서 모두 살아본 입장에서는 그 차이가 참 재미있다. 제주는 남북으로, 강원은 동서로 기후가 분단되다니…. 마치 신이 산줄기로 선을 그어놓고 그것을 경계로 이번엔 이쪽에, 다음엔 저쪽에 태양과 구름을 밀어 넣으며 번갈아 장난을 치는 듯하다.

대관령에 우뚝 선 음악 축제

평창 대관령음악제를 감상하러 강릉에서 영동고속도로를 타고 올라간 날, 해안은 뜨겁게 달아올랐는데 대관령 너머는 놀랄 만큼 쾌적했다. '초'열대야 기록일이 '일반' 열대야의 누적 일수를 넘어서는 요즘의 여름, 초인만이 살아남는 시대가 된 것인가. 니체는 어쨌거나 옳았다.

며칠째 아침 기온이 30도가 넘는 고통을 견디고 있던 터라, 하늘 위 천공의 성에라도 온 듯 대관령의 선선함은 꿀맛이었다. 오늘 하루 들려올 선율은 컨디션 최고인 고막을 타고 온몸으로 흡수될 것만 같다.

2004년 '자연의 영감'을 주제로 처음 막을 연 대관령국제

평창 대관령음악제의 무대, 알펜시아 리조트.

음악제는 이후 지자체 명을 덧댄 '평창 대관령음악제'로 이어지며 지금까지 클래식 축제를 열고 있다. 주요 무대는 알펜시아 리조트다. 강원도민에게 이 리조트는 한동안 음악제가 아니라 민망한 내용으로 지역 뉴스에 오르내렸다. 2018 평창동계올림픽을 위해 건설된 뒤 적자가 누적돼 큰 골칫거리로 전락했던 것. 민간에 매각돼 겨우 한숨 돌리는가 싶더니, 입찰과 계약 과정에서 불거진 의혹으로 지금까지도 갑론을박과 법정 다툼이 이어지고 있다.

안타까움은 거기까지. 먼지처럼 덮인 오명은 이제 대가들의 진중한 음악으로 날려버리는 수밖에 없다. 올림픽 이후 사후 관리 문제로 적막감마저 감돌던 알펜시아 리조트에 '대관령음악제'라는 아이디어는 반전의 파괴력을 가져왔다.

미국 콜로라도 주 아스펜 음악제에 여러 차례 참가한 줄리어드 음대의 강효 교수가 강원도의 동계올림픽 유치 전략에 힘을 보태기 위해 음악제 창설을 제안했고, 강원도는 이를 받아들였다. 동계 스포츠의 메카라면 겨울 추위가 매서울 테고, 그렇다면 여름엔 피서지의 자격이 충분할 터였다. 선선한 여름 날씨와 결합한 음악이 사람들을 홀리지 못할 이유는 없었다. 그것도 고지대에 위치한 강원의 품속이라면 말이다.

누구도 생각지 못한 기발한 아이디어는 아닐지라도 이 정도 비전이면 충분했다. 사람들은 가장 쾌적하다는 고도 700미터를 뜻하는 '해피 700'의 고장에서 음악을 느끼고 자연과 호흡하며, 사랑을 가득 채우는 시간을 보낼 수 있었다.

과거 2년간 음악제의 면면을 살펴보자. 먼저 2024 평창 대관령음악제의 주제는 '루트비히Ludwig'! 무려 베토벤의 이름이다. 우리에게 잘 알려진 '베토벤'이라는 성 대신 '루트비히'라는 이름을 주제로 내세웠다는 점에서, 베토벤을 친구처럼 열린 마음으로 느껴보자는 의도가 전해진다. 베토벤이 이를 기쁘게 받아들였을지는 중요치 않다. 그를 친구로 대할지 말지는 결국 우리 몫이니까.

2025년 음악제의 주제는 'Inter Harmony'. 성숙함이 누적된 만큼 음악을 소리로 분절하지 않고 인간과 문화, 문화와 문화를 잇는 가교로 삼자는 철학이 담겼다. 음악제의 사회적 책임을 강조한 공연들은 대관령의 밤을 흐뭇하게 물들여 갔다.

내가 없으면 너도 없어, 수학과 음악

심장이 간지러웠다. 쾌적한 평창의 날씨와 만남의 기대감이 뒤섞인 신선한 떨림이었다. 한 번도 가본 적 없는 팬 미팅을 앞둔 긴장감이 이런 것일까. 영국에 체류하고 있는 세계적인 수학자이자 교양수학 분야의 인기 작가인 김민형 교수의 특강이 대관령음악제 프로그램으로 박제된 순간, 내 엉덩이는 이미 예

매 사이트 화면을 띄워놓은 노트북 앞 의자에 붙어 있었다.

불세출의 고대 수학자 피타고라스는 이미 음계와 주파수의 비율을 알아내서 음악 이론의 토대를 쌓아놓았다. 음악의 운명이 배음과 화음 등 수로 이해될 수밖에 없다면, 음악에도 조예가 깊다는 김민형 수학자의 강연이 지극히 자연스러운 조합일 테다.

그는 온라인 음 생성기를 돌려가며, 그래프 속에서 음과 음악의 정체를 드러내더니 이어서 0과 1의 조합으로 만들어진 '정보로서의 음'을 소개한다. 곧 듣게 될 바이올린 선율의 근본 원리가 바로 이것이구나 하는 깨달음이 온다. 2년 연속 개설된 김민형 수학자의 강의는 대관령음악제를 제대로 감상하기 위한 훌륭한 애피타이저가 되었고, 그 애피타이저는 부드러운 이음줄이 되어 콘서트홀의 메인 디시로 자연스럽게 연결되었다.

루트비히와 인터 하모니의 앙상블

2024년 음악제의 주제는 '루트비히 판 베토벤'이었지만, 정작 눈에 들어온 건 프란츠 슈베르트였다. 《디어 슈베르트Dear Schubert》 공연에 자석처럼 끌렸기 때문이다. 걸출한 연주자들이 참여하는 현악 오중주 무대라는 점도 매력적이었지만, 슈베르트의 곡이 연주된다는 사실이 중요했다. 베토벤을 깊이 추앙

했으며, 31세에 요절했고, 죽어서도 베토벤과 같은 묘역에 누운 인물이 아니던가. 루트비히를 모신 이번 축제에도 그의 영혼은 어딘가 수줍게 스며들었을 것이다. 슈베르트의 선율은 그가 상상하지 못했을 대한민국 평창의 여름 하늘 아래서 널뛰고 이어지며, 선배 베토벤을 기리게 되겠지.

《디어 슈베르트》에서는 그가 사망하기 두 달 전에 작곡한 '현악 오중주 C장조(D956)'가 연주되었다. 일반적으로 현악 오중주는 바이올린 2대, 비올라 2대, 첼로 1대로 구성되지만, 슈베르트가 남긴 유일한 현악 오중주인 이 작품은 비올라 대신 첼로를 한 대 더 늘려 저음부를 강조한 것이 특징이다. 혹자는 얼마 남지 않은 생을 예감한 슈베르트가 삶의 관조를 묵직한 음으로 표현하고자 했다고 하는데, 그저 귀를 열어놓고 감상할 뿐이다.

공연 연주자들의 면면을 한번 살펴보자. 프랑스의 실내악 트리오 '트리오 반더러Trio Wanderer'의 창립 멤버인 바이올리니스트 기욤 쉬트르, 평창 대관령음악제의 예술감독이자 우리나라 첼로의 자존심인 양성원, 라디오 프랑스 필하모닉의 한국인 오케스트라 악장인 바이올리니스트 박지윤, 헝가리 태생의 첼로 거장 미클로시 페레니, 그리고 독일 ARD 국제콩쿠르 비올라 부문 우승자 이해수. 고요한 순간조차 공연장의 공기는 대가들의 기운으로 묵직했다.

어라? 두 열 앞좌석에 김민형 교수가 앉아 있다. 그리고 보

▲《디어 슈베르트》공연이 열린 알펜시아 콘서트홀.

▼《디어 슈베르트》공연이 끝나고.

니 양성원 감독과 김민형 교수가 각별한 사이라는 기사가 기억났다. 날카로운 음악 토론도 마다하지 않는다는 두 거장은 알펜시아 콘서트홀의 무대와 객석에서, 음악과 수학의 거리만큼 따로 또 같이 빛나고 있었다.

22회를 맞은 2025년 음악제에선 원주시립교향악단의 공연을 감상했다. 축제 현장의 상징이라 할 수 있는 야외 뮤직 텐트에서 진행된 공연은 '운명과 희망'이라는 타이틀로 시벨리우스의 〈핀란디아〉, 쇼스타코비치의 〈첼로 협주곡 2번〉, 차이콥스키의 〈교향곡 5번〉 등이 연주되었다. 텐트 내부의 공기는 낭만으로 부풀어 달콤했지만, 바람이 불 때마다 구조재가 팽창과 수축을 반복하며 내는 잡음이 청음을 방해한 것도 사실이었다. 나의 막귀 수준에선 별 상관이 없었지만, 전 세계의 클래식 전문가들이 모여드는 축제인 것을 감안하면, 이 부분은 언젠가 보강과 보수가 필요하지 않을까 싶었다.

선율은 종교를 넘어

알펜시아에서의 공연이 끝나자 여름날의 느슨한 저녁이 곁눈질했다. 분홍빛을 샐쭉 머금은 하늘엔 방금 들은 현악의 공명이 잔향처럼 어우러지는 듯했다. 차를 몰아 월정사로 향했다.

평창 대관령음악제의 '찾아가는 음악회'는 횡성문화예술

▲ 황혼의 알펜시아 뮤직 텐트.

▼《운명과 희망》공연이 열린 뮤직 텐트 내부.

▲ 월정사 성보박물관.

▼ 성보박물관에서 열린 '찾아가는 음악회'.

회관, 강릉아트센터, 동해문화예술회관 등 평창 외의 자치단체에서도 수준 높은 연주회를 감상할 기회를 제공한다. 그중에서도 월정사 성보박물관에서 열린 '찾아가는 음악회'는 과연 어떤 분위기일지 감이 잘 오지 않았다.

예감은 했지만 불화佛畵 휘장 앞에서 펼쳐지는 클라리넷 오중주라니, 참으로 오묘하다. 본래 음악 감상을 위한 공간은 아니어서 뒷자리에 앉은 관객들은 연주자의 기교를 온전히 보지 못했을 테지만, 그 대신 신묘하고도 몽환적인 감성만큼은 제대로 선물 받았을 것 같다.

무대 뒤에서 가부좌를 틀고 감상했을 법한 부처님이야말로 승자가 아닐까 하는 생각도 들었다. 하긴 '부처핸섭'의 시대에 클래식과 불교의 만남쯤은 하이볼 한 잔 속 부드러운 두 액체의 조합처럼 자연스러운 일인지도 모른다.

성보박물관 안의 성긴 공기는 경건한 매질媒質이 되었고, 상원사 동종이 박자에 맞춰 울려주었어도 좋았겠다는 생각마저 스쳤다. 평창에서 시작된 오선지 위 선율은 오대산을 넘어 대관령 자락을 따라 동해의 파도 위로 넘실거렸다. 한여름 강원도의 품속으로 들어와야 할 또 다른 이유, 평창 대관령음악제가 선물하는 환상이다.

산과 바다로 동심원을 그리며 퍼져 나가는 소리의 향연 속에서 공간에 따라 인상을 바꾸는 음악의 능력은 늘 신기하다. 파도가 치는 바다 앞에서 울려 퍼지는 음악은 극단적이다. 잔

잔하게 깔리는 피아노 소리도, 매끈하게 들려야 할 발라드 가수의 음색도 동해의 푸른빛 앞에서는 천둥소리가 되어 가슴을 후벼 판다. 정서는 과하게 증폭되고 감정 이입이 일어날 확률은 급격히 높아진다. 사랑은 강렬하게 접착되고, 상실은 팔다리가 떨어져 나가는 통증으로 몸속에 각인된다. 사무치는 '곡哭'이 파도에 실려 출렁인다. 후회 없이 밀려왔다 밀려가는 통렬한 감성의 폭발이다.

반면 안개가 자욱한 대관령 산속에서 들려오는 음색은 균질하다. 음악에 실린 자극적인 감성은 톤 다운된다. 거세게 휘몰아쳤던 교향곡도 능선이 감싸고 있는 산맥의 둥지에서는 매운맛이 깎여 나간다. 기압이 낮아진 만큼 정서도 가라앉는다. 감동이 덜하다는 뜻이 결코 아니다. 사랑과 아픔은 삭고 삭혀져, 꿀꺽 삼키는 큰 숨과 함께 온몸의 실핏줄로 녹아든다. 관조가 가능해지고 상실은 흐느끼는 '읍泣'으로 바뀌어 숲속에 고요히 스며든다.

어떤 농도의 감성이든 기꺼이 받아들이는 것, 평창의 힘이다. 결국 음악으로 하나가 되지 않으면 또 무엇으로 하나가 되겠는가.

정서와 하등의 연결 고리가 없는 개별의 음音은 세포와도 같다. 저마다 다른 주파수와 진동을 가졌을 뿐인 소리들은 장인의 손끝에서 마디로 모아져 마침내 음악이라는 예술로 거듭난다. 단독으로는 아무런 의미가 없어 보이는 세포들이 결합해

기관을 만들고 생명체를 완성하는 것과 다르지 않다. 시간을 타고 넘어가야 정체가 드러나는 음악은 결국 시간 속에서 살아가는 인간들의 운명과도 같다.

‘슈베르티아데Schubertiade’, 누가 봐도 슈베르트가 주인공임을 알 수 있는 이름 아래 그의 친구들과 팬들이 한데 모였다. 소박하게 시작된 팬덤은 점점 확산돼 이제 슈베르티아데는 슈베르트의 음악이 연주되는 수많은 음악회의 별칭이 되었다. 강원도 고원의 도시에서 부활한 슈베르티아데는 낭만으로 넘쳐난다. 음악제의 주인공 베토벤도 감탄을 금치 못할 듯하다. “이 친구, 역시 내 옆에 누울 자격이 있어.”

대관령의 슈베르티아데가 다시 감동의 절정으로 치닫는다. 오색의 노을 속에서.

커피
유니버스

어디서부터 시작된 걸까.

왜 하필 강릉이란 말인가.

설마 예전부터 들었던 그 이유 때문이라고? 정말 그게 맞다고?

아무리 의심에 의심을 거듭해도 결론은 같다. 결국 그 때문이라는 것이다. 극소수의 달인이 웅숭깊은 향기와 맛을 구현해 붐을 일으킨 건 틀림없는 사실이다. 하지만 빅뱅의 단초는 따로 있다. 바로 이 녀석들, 정확히 말하자면 이 녀석들의 대선배들이다.

전설의 시작

전설의 자판기가 위용을 뽐내고 있던 정확한 장소는 오른쪽의 사진 속 위치와는 달랐으나, 아무튼 초거대 강릉 커피 유니버스의 출발점이 안목해변의 보잘것없는 커피 자판기였다는 주장은 여전히 설득력을 잃지 않고 있다. 그것도 아주 오랫동안. "사실은 그게 아니야"라며, 보다 합당해 보이는 기원을 누군가 찾아냈을 법도 한데, 자판기 기원설은 지금도 굳건하다.

1990년대 안목의 커피 자판기 사진은 좀체 찾을 수가 없다. 포털에서 검색되는 이미지도 대부분 2000년대를 훌쩍 넘은 것들뿐이다. 하지만 내 기억 속의 기계는 분명하다. 투박한 버튼이 돌출돼 있는 베이지색의 전형적인 자판기계의 시조새, 그 모양새였다. 혹시 추억의 안목 자판기 사진을 갖고 계신 분 어디 안 계시는지. 제보해주시면 커피 사겠습니다.

이십 대의 끝자락이었다. 소문이 돌았다. 안목 바닷가에 커피 자판기가 있는데 맛이 끝내준다는 거였다. 자판기 커피가 끝내줘 봤자지. 영양가 없는 소문 따위나 끝내주고 싶었다. 가성비 좋은 고깃집 소문이나 들려줄 것이지, 설탕·프림이 적당히 섞인 자판기 커피 따위를 마시러 거기까지 갈 사람이 있나. 무시하자.

그런데 묘한 효과가 있다. 코끼리를 생각하지 말라면 더 생

강릉시 안목해변의 음료 자판기.

각난다는 바로 그 효과. 게다가 소문의 출처가 택시 기사님들이었다는 걸 알게 되자, 전설의 코끼리는 점점 더 커져만 갔다. 이러다 나만 못 마시는 거 아닌가. 결국 차를 몰아 안목으로 갔다. 25년 전의 안목해변은 듬성듬성한 횟집과 모텔이 자리 잡고 있는 거리였다. 줄 서 있는 사람들이 보여 자판기의 위치는 금방 찾을 수 있었다. 동전을 넣고 버튼을 누르니 드디어 실물 영접. 그냥 자판기 커피색. 잠시 식힌 뒤 입술 영접. 겨울이라 더 기분 좋은 온기. 뽀뽀와 비슷하군. 혀와 구강의 영접. 당연히 달면서 살짝 쓰고, 은근한 신맛이 입 안을 한 바퀴 돌아 녹진하게 흘러 식도로 넘어간다. 사반세기 전의 커피 맛을 정확히 떠올리기는 쉽지 않다. 그렇지만!

감각의 기억이란 무서운 것. 놀랄 만큼 맛있지는 않았다는 건 또렷하게 기억난다. 천상의 맛이어야만 잊히지 않는 건 아니다. 한껏 기대했는데 그게 아닐 때도 특별한 순간으로 기억에 남는다. 전설의 안목 자판기 커피에 대한 총평은, 이제 와서 얘기하자면 '베트남 연유 커피의 달콤쌉싸름함이 소량 가미된, 적당히 진한 풍미' 정도다. 물론 입맛은 천차만별이니까 뭐.

커피 축제? 여기 아니면 어디서

강릉 시민들이 삼삼오오 자판기 앞에 모여 있던 안목해변은 이제 그야말로 상전벽해다. 외양만 달라진 게 아니다. 전국 최고의 커피 성지로 우러름을 받으며 '한 커피 한다'는 애호가들을 불러 모으고 있으니, 내용까지 갖춘 변화다. 안목 커피 거리의 수많은 카페들은 강릉시 자체를 '커피 도시'로 거듭나게 했고, 직계 조상이라 할 자판기 할아버지를 뿌듯하게 만들었다.

커피의 고장으로 무섭게 치고 올라간 강릉시는 어느덧 커피 축제의 메카가 되었다. 유례없는 가뭄으로 취소되었다가 극적으로 부활한 2025년 늦가을의 커피 축제는 어느덧 17회째라는 역사를 쌓게 되었다. 코로나19 공습 기간에 실내외를 오가며 치러진 축제는 가을날 완벽한 야외 행사로 부활했고, 커피 향기는 해풍의 낭만과 다시 한 몸이 되었다.

강릉 안목 커피 거리의 안내는 이제 필요 없을지도 모른다. 로스팅하우스를 따로 둘 정도로 맛에 진심인 카페들이 통쾌한 통창 바다 뷰까지 장착하고 있으니 말이다. 테이크아웃을 했다면 송정해변 솔밭을 거닐며 음미해보자. 중강볶음된 원두의 진하고 약간은 쓴맛에, 코끝으로 스며든 솔향이 기막히게 조화롭다. 그러고 보니 강릉의 별칭이 '솔향', 소나무의 고장이 아닌가. 신박한 메뉴 하나 제안해본다.

'송정 파인트리 리저브 콜드 브루'.

안 될까?

생각해보니 억울해 죽겠다. 커피를 도대체 몇 잔을 마신 건가. 새벽의 '모닝콜 커피', 점심 식사 뒤의 '소화제 커피'까지는

커피 축제 기간의 강릉 송정해변과 안목해변.

나만 즐기는 것이 아니니 패스. 문제는 글을 쓰기 위해 메뚜기처럼 옮겨 다녔던 카페들이다. 오래전부터 다녔으니 백여 군데는 족히 넘을 것이고, 500일로 계산하면 들이켠 커피만 500잔 이상이다. 어쩌다 달달한 과일주스가 당기는 날도 있었겠지만, 유난히 글쓰기에 탄력이라도 붙는 날엔 하루 두 잔을 시킨 적도 있었으니, 500잔은 결코 과장이 아니다. 잔당 5천 원으로 계산해보자. 250만 원. 유명 작가도 아닌데 인세가 얼마나 된다고. 그래서 절실해지는 두 가지 생각이 있다.

첫째, 억울하면 글을 잘 써야 한다. 너도나도 찾는 작가가 되면 스페셜티 커피도 매일같이 마실 수 있다.

둘째, 남는 게 없는 글쓰기니(물론 책으로 발행되는 순간의 엑스터시는 돈으로 환산할 수 없지만), 남는 게 없도록 만든 바로 너, 커피로 하여금 일을 하게 하자. 즉 글의 주제로서 역할을 부여하자. 커피콩을 갈듯이 너를 글로 갈아버리겠어.

그리고 두 가지 생각 뒤에 찾아온 뻘쭘함.

이런 글이라도 나온 게 누구 덕분이지?

그래 너 없으면 안 됐어, 커피야. 잘못했어.

참회를 하며 다시 겸손해지려 한다.

구도심의 작은 강자들

강릉 안목 커피 거리와 테라로사가 루브르라면, 구도심 명주동 골목의 정감 있는 카페 구역은 오르세 미술관의 복도에 가깝다. 당연하게도 명주동 역시 강릉 커피인들에게는 친숙함이 정도를 넘어선 지 오래인 커피의 공간이다. 쇠락해가는 구시가지를 커피와 공연의 명소로 탈바꿈시킨 시민들의 노력이 단단히 쌓여 있어서일까. 드립 커피로 하나가 된 명주 커피의 질감은 유난히 치밀하고 깊다. 많지도 적지도 않은 사람들이 오가는 명주동의 가을은 가볍지 않은 영동의 낭만 한 잔이다.

강릉이 커피의 도시라는 증거는 안목보다 중앙시장 초입의 노련한 '시장 커피집'들에서 더 분명해진다. 닭강정 가게의 주인 아주머니도, 반찬거리를 사러 나온 할머니도 다방 커피는 사절이다. 2천 원이라는 충격적인 가격에 바리스타의 자존심이 담긴 로컬 아메리카노를 맛볼 수 있기 때문이다. 강릉에서는 모든 시민이 테이스터나 마찬가지다. 누군가 말했다. '강릉 시민의 피에는 커피가 흐른다'고.

역사란 만들어가는 것이다. 커피 장인들의 제조 실력만이 아니라 시민들의 '음미력'도 커피 도시 강릉의 품격을 높이는 원동력이 아닐까. 강릉의 커피사史는 오늘도 방울져 축적되고 있다.

▲ 봉봉방앗간.

◆ 오월커피.

▼ 명주배롱.

커피 한 잔, 시 한 편

뜬금없다. 염소를 통해 커피 열매의 존재를 처음 확인한 목동 칼디도, 〈커피 칸타타〉를 작곡한 바흐도, 에스프레소 머신을 최초로 발명한 안젤로 모리온도도, 스타벅스 제국을 일궈낸 하워드 슐츠도 아닌 시인 랭보라니.

독하디독한 압생트 같은 그의 일생을 감안하면 더욱 의아하지만, 내가 생각해낸 것은 결국 '커피'다. 물론 지극히 개인적인 연상 작용의 결과임을 인정한다. 천재 시인, 혁명가, 그리고 동료 시인 베를렌의 동성애 파트너…. 압도적인 이미지의 아르튀르 랭보를 떠올리면 음울한 커피색이 자연스럽게 연결되어서만은 아니다. 베를렌과 결별한 뒤 그가 시작詩作에서 은퇴한 나이는 고작 스무 살이었다. 시인으로 데뷔하기에도 아직 늦지 않은 시기였지만 그는 무수한 천재들이 그러하듯 자신의 필모그래피를 너무 일찍 완성해버렸다.

절필 후 랭보는 칭송의 무대였던 프랑스를 떠나, 1876년 네덜란드의 식민지였던 인도네시아 자바 섬으로 향한다. 천재 시인에서 난데없는 용병으로 신분을 바꿨더라도 낯선 세계에 대한 호기심은 그를 지구 반대편으로 이끌기에 충분했다.

이 시기 자바 섬은 네덜란드의 커피 재배지였다. 품질이 뛰어난 반면 병충해에 약한 아라비카 품종 대신 이름부터 강건한 로부스타가 주력 품종으로 대체된 시기와도 겹친다. 랭보가 이곳에서 자바 커피의 다양한 매력을 탐닉하지 않았을 리 없다. 압생트의 초록은 그렇게 커피의 암흑으로 바뀐다.

자바 섬에서의 2년을 뒤로하고 랭보는 예멘과 에티오피아를 오가며 무역업에 뛰어든다. 놀랍게도 그는 꽤 유능한 사업가였다. 시인의 경건함이 오염됐다는 느낌을 지울 수 없지만, 셈법에도 재주가 있는 걸 어쩌란 말인가. 이래서 신은 불공평하다는 말을 듣는 것이다.

예멘의 아덴에서 주로 생활하던 그는, 무역 거래국인 에티오피아의 하라르에 거처를 꾸린다. 지금도 남아 있는 '랭보 하우스'가 수많은 팬을 불러 모으는 것도 당연하다. 그가 진정 사랑한 곳이었으니까. 능력 있는 오퍼상이었던 랭보는 무기를 비롯해 다양한 품목을 중개했지만, 에티오피아 하라르 커피의 상품성을 놓치지 않았다. 그 자신이 하라르 커피의 신봉자였고, 낙타 대상隊商을 통해 커피 수출에 주력하게 된다. 앓고 있던 종양의 상태가 심각해지면서 결국 37세의 나이에 프랑스로 돌아와 숨을 거두지만, 커피는 그의 생에서 결코 떼어놓을 수 없는 근본 물질이었다. 시인 랭보가 압생트였다면, 인간 랭보는 커피가 아니었을까. 인도네시아 자바 섬에서 만난 잊을 수 없는 커피의 향미는 에티오피아 하라르의 윤기 어린 풍미로 연결되었다.

강릉에서의 랭보를 상상하고 싶다. 안목해변에서 낚아챌 날카로운 시상詩想과 더불어 그는 반드시 찾아낼 것이다. 열렬히 사랑했던 하라르 커피 이상의 맛을. 강릉이니까.

시간과 공간이 한데 뭉쳐지면 좋겠다.

그래서 칼디도 아니고, 바흐도 아니고, 모리온도도 아니고, 슐츠도 아닌 것이다.

뜬금없어도 랭보다.

라인업

강릉 커피의 에펠탑 같은 존재, 테라로사에서 맛본 에티오피아 커피는 하라르가 아닌 예가체프 계열의 '게뎁 첼베사'였다. 세련된 꽃향기가 난다고 하는데, 마셔보면 그런 것도 같다. 원두에 스며 있는 고급스러운 산미가 혀 아랫부분에서 톡 터지며 온몸으로 흡수된다. 내 핏속에 아직 커피가 흐르지는 않지만 음미의 평가는 각자의 몫이니 부담은 없다.

이미 전국적으로 퍼져 있는 테라로사 커피는 방송국 근처 강릉의 구도심에서도 아담한 지점을 운영하고 있어, 식후 땡 커피 한 잔의 호사는 일상이 되었다. 스타벅스 같은 거대 프랜차이즈 틈에서 살아남아야 하는 것이 지역 카페의 숙명이라지만, 적어도 강릉만큼은 상황이 조금 다르다. 강소強小 카페들이 군웅할거하는 한복판에 대기업 프랜차이즈가 슬쩍 발을 들여놓은 모양새라고 할까. 그들의 입장에서는 꽤 곤란할 거다. 충성

▲ 구정면의 테라로사 커피 공장.

▼ 에티오피아 예가체프 '게뎁 첼베사'.

고객의 비율이 다른 도시에 비해 낮은 데다, 그렇다고 커피의 메카인 강릉에 지점을 안 낼 수도 없는 일이다. 실제 매출액의 차이는 따져봐야겠지만, 점심 식사 후 직장인들이 삼삼오오 뭉쳐 들어가는 곳은 맛이 우선인 동네 카페일 확률이 높다. 강릉이니까.

강릉은 이제 커피 도시라는 단순 수식을 넘어 각종 라테의 천국으로 진화한 듯하다. '초옥이 커피'라는 이름을 걸고 있는 '갤러리밥스'의 옥수수라테, 인지도 최강 '툇마루'의 시그니처 흑임자라테, 그리고 자칫 당혹스러울 수도 있는 '카페 남문동'의 더덕라테까지 저마다 유명세를 치르고 있다. 모두 차갑게 내린 음료다.

한쪽에서는 고급 생두의 본향을 섬세하게 끌어낸 프리미엄, 스페셜티 커피들이 풍미를 겨루고 있다면, 다른 한편에서는 MZ들이 깔아놓은 무대 위에서 라테의 대회전이 벌어지고 있다. 강원도 찰옥수수의 달큰함이 비강을 타고 전두엽을 때리는 옥수수라테는 호불호가 없다. 대기 한 시간이 기본이라는 카페 툇마루의 명작 흑임자라테는 기름진 극강의 고소함이 충격적이다. 연역적이고 두괄식이다. 명치를 찌르는 풍미가 휙 지나가고, 대신 입술엔 반짝반짝 기름으로 코팅된 느낌이 오래 남는다. 느끼함을 못 참는 사람들에게는 권하지 않는 편이 나을 수도 있다.

그리고 문제의 그것. 강릉의 라테는 더덕에서 방점을 찍는

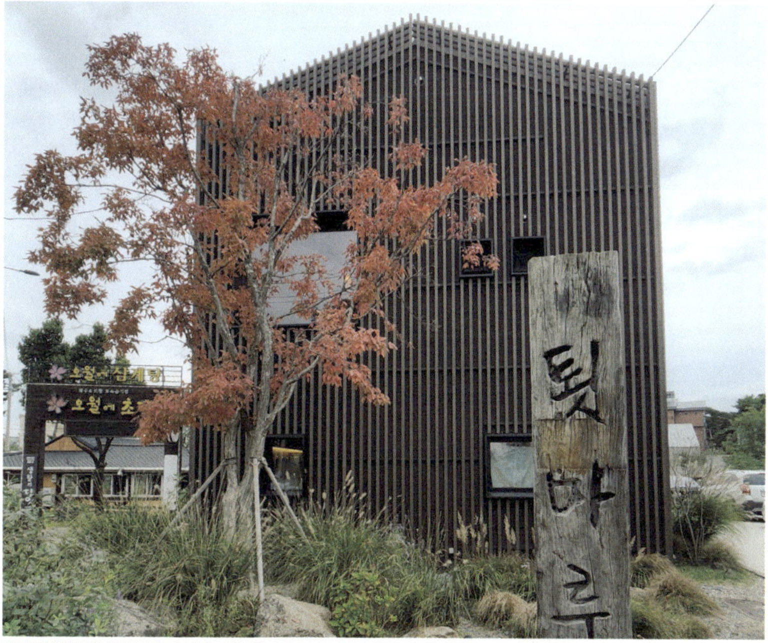

IOT WEARABLE SOFTWARE
DENOBIZ
DENOBIZ
Caffe' 남문동
070-8253-0052

▲ 카페 툇마루.

▼ 카페 남문동.

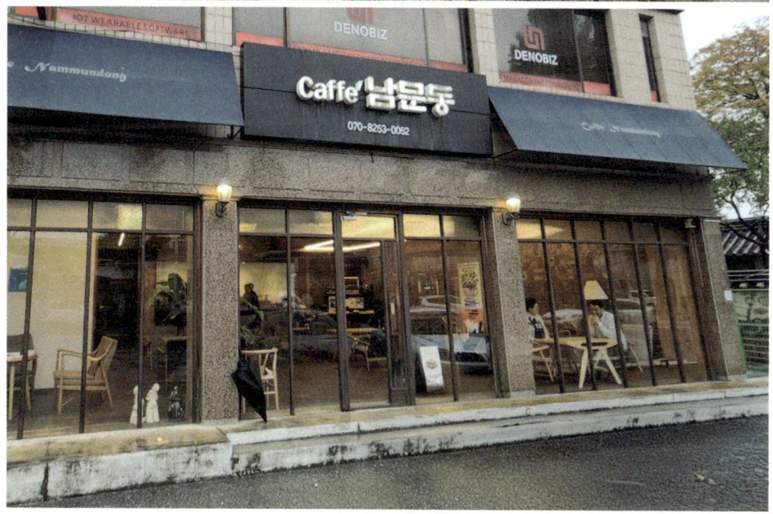

다. 더덕으로 라테를 만들 수 있다면 인삼은 어떻고, 황기나 영지버섯은 안 될 게 뭐 있을까. "왜 곤드레나물로도 라테를 만들지 그래?" 하는 불신의 조소가 들리는 듯하다. 그러나 맛을 보면 될 일이다.

빨대 없이 마셔야 한다. 갈린 더덕의 질감이 흡입 순간부터 구강을 마음껏 돌아다녀야 하니까. 편견은 단숨에 사라진다. 분명 더덕의 알싸함이 살아 있는데, 우유의 자비로움이 그 쏘는 맛을 부드럽게 감싸 중화시킨다. 혀를 툭 치는 감칠맛이 먼저 오고, 뒤이어 흙의 향기가 따라온다. 섬세하게 찢긴 더덕의 텍스처는 알맞게 물큰해 어금니를 춤추게 한다. 신기하기 그지없어 카페 주인장을 귀찮게 하고 말았다.

재료는 5년 이상 된 횡성산 암더덕만 쓴단다. 더덕을 받아 바로 라테를 만드는 것도 아니고, 장시간 냉동 보관으로 숨을 죽여야 아린 맛이 사라진다고 한다. 그래서 기분 좋은 알싸함뿐이었구나.

더덕 라테는 받자마자 빨리 마시는 편이 낫다. 산소에 닿는 순간 발효가 시작되기 때문에 횡성 더덕의 기운과 향미를 온전히 즐기려면 아까워도 원샷에 가까울수록 좋다고 한다. 그 중요한 덕목을 다 마시고 난 뒤에야 알게 되다니. 음미한답시고 느릿느릿 마신 게 허무했다.

커피의 성지 강릉은 가만히 그 자리에 머무르지 않는다. 내일은 또 어떤 커피와 라테가 등장할까.

매년 생일이면 카카오톡 알림을 통해 선물이 차곡차곡 쌓여 가는 것을 보며, 속물적인 미소를 짓고 만다. "주니까 받는 거지" 하면서도, 안 주고 안 받는 편이 더 낫지 않은가 하고 잠깐 고민해보기도 한다. 아무리 그래도 선물을 고르며 몰두하는 순간만큼은 오롯이 내 사람만을 생각하는 귀하디귀한 시간이다. 게다가 주는 흐뭇함과 받는 기쁨이란 효용까지 덤으로 따라오니, 우리는 매번 이 실속 없는 일을 반복하는 게 아닐까.

대략 8년쯤 전부터 올해까지 지인들로부터 받은 선물을 하나씩 더듬어본다. 초창기에는 스타벅스 아메리카노 세트와 파리바게뜨 케이크 쿠폰이 주를 이뤘다가, 해가 갈수록 디저트 쿠폰은 줄고 건강 보조 식품이 슬금슬금 늘어난다. 홍삼정 세트, 아르기닌제, 밀크시슬….

아! 나의 노쇠해짐이 그들의 눈에도 이제 뻔히 보이나 보다.

노년을 향해 줄달음치는 애처로운 육신을 걱정해줘서 고마울 따름이다. 진심으로. 그렇지만 아직은 버틸 만한 몸뚱어리라는 건 알려야겠다. 그게 내 건강을 걱정해주는 고마운 이들에게 드리는 답례일 것이다. 그러니까 기어코 선물을 주시겠다면 향후 몇 년 정도는 건강 식품보다 디저트나 커피류를 부탁드린다. 참고로, 가장 좋은 선물은 도서상품권이다. 그냥 참고일 뿐이다. 난 정말 뻔뻔한 녀석이다.

커피 도시의 자격

강릉시 강동면 하시동리, 공군 제18전투비행단 부지 안에는 '한송정寒松亭'이라는 정각亭閣이 있다. 이곳은 신라 진흥왕 때 화랑들이 모여 차를 마시던 풍류의 공간이었다. 신라시대의 최고급 카페였던 셈이다. 끽다喫茶의 기록물은 물론 차를 만들 때 쓰던 돌아궁이, 돌절구 등이 지금까지도 보존되고 있다.

공군 부대 안에 자리 잡고 있어 평소엔 외부인의 출입이 어렵지만, 1997년부터 매년 한송정에서는 들차회가 열려 다인茶人들이 여전히 건재함을 전국에 알리고 있다. 다만 신라 화랑들이 이곳에서 부활한다면 귀를 찢는 전투기의 굉음이 천지개벽처럼 느껴질 것이다. 하늘을 가르는 조종사들이 그들의 후예라 할 수도 있으니 시끄러워도 참아야 하지 않을까.

아득한 옛날부터 이미 농밀한 고품격 헌다獻茶의 전통을 이어온 강릉은, 어쩌면 커피 도시가 될 자격을 이미 갖추고 있었는지도 모른다.

찻잎은 덖어야 하고, 커피 생두는 볶아야 한다.

'덖는다'는 것은 약간의 수분이 남아 있는 약재나 곡식 따위를 타지 않을 정도로 볶아서 익히는 것이고, '볶는다'는 것은 물기가 거의 없는 상태에서 열을 가해 익힌다는 뜻이다. 찻잎은 보통 손으로 뒤적여가며 덖고, 커피는 로스터가 생두를 휘저어가며 점점 진한 캐러멜색이 되도록 볶아낸다. 찻잎 자체가 생두보다 수분을 더 많이 머금고 있으니 덖는다는 사전적인 의미가 꼭 들어맞는다.

야생의 것을 사람이 취하기 위해서는 어쩌면 서로에게 고난의 과정이 필요할지도 모른다. 찻잎은 고귀한 향기를 위해 수없이 비벼지고 덖이며 숨이 죽는다. 바싹 말린 생두는 한 모금의 행복을 위해 한 치의 치우침 없이 골고루 볶이고, 때로는 태워진다. 덖음에는 덕德이 있고 볶음에는 복福이 있다.

성격이 급한 편이다. 그래서 글을 써나가면서 후두둑 따라오는 오타들이 자주 눈에 띈다. 소중한 한 글자 한 글자를 꼭꼭 씹어 먹을 듯 정성을 들여야 하는데, 그게 잘 안 된다. 차근차근 자판을 눌렀다면 오히려 시간을 벌었을 텐데, 조바심에 떠밀린 손끝이 입력 시간을 더 늘리기만 한다.

그중 가장 잦았던 오타, 강릉을 서둘러 치면 모니터에 뜨는 단어 '가을'. 의도하지 않은 오타의 상큼한 반전. 그리고 강릉의 가을엔 당연히 따라와야 할 그것.

커피.

그들만의
생태계

누구나 반복해서 꾸는 꿈이 있다. 스토리 라인도 비슷하고, 등장인물이나 배경도 뻔할뿐더러 결말은 항상 흐지부지하다. 각자의 직업적 스트레스나 트라우마로 남은 과거의 사건, 반대로 극상의 행복을 맛보았던 순간들이 나름의 층위를 이루며 일정한 간격을 두고 램수면 상태의 틈을 비집고 들어오는 것이다. 언젠가 한 번쯤은 종이에 적어 정리해보고 싶었는데, 잘됐다. 나의 반복되는 꿈들은 대체로 이렇다.

- 학력고사(수능이 아니라고 놀리지 말 것) 수학 시험을 치르고 있다.

- 뉴스 시작 5분 전인데 원고가 없거나 스튜디오 위치를 도무지 찾을 수 없다.
- 욕조 안에서 온갖 바닷고기와 민물고기를 합사해 기르고 있다.

대입 학력고사 수학은 왜 하필 내가 시험을 치른 해에 최고의 난이도를 기록했단 말인가. 준킬러 난이도만 됐어도 별다른 아쉬움이 없었을 텐데…. 이 꿈은 학업에 정진하지 못했던 나 자신과 우리나라의 서열식 입시 제도에 반반씩 책임이 있다고 어설프게 변명해본다.

뉴스 직전, 원고의 부재와 공간의 변형은 전 세계 모든 앵커와 아나운서들의 공통된 악몽이다. 틀림없다에 15만 원을 걸겠다. 3년 차 이상임에도 뉴스를 펑크 내는 꿈을 꾼 적이 없다면 아나운서협회에서 탈퇴해야 마땅하다.

마지막으로 물고기 꿈. 세 가지 단골 꿈 중 가장 개인적인 이미지다. 어김없이 아파트의 평범한 화장실 욕조가 등장하고, 그 안은 온갖 물고기들로 풍성하다. 민물고기, 바닷고기 할 것 없이 다양한 어류가 PVC 재질의 낯선 용기를 탓하지 않으며 평화롭게 유영하고 있다.

앞의 두 꿈은 꾸고 나서도 어쩔 도리가 없는 무가치한 꿈이지만, 이 마지막 꿈은 현실에서 구현 가능한 것이고, 심지어 물고기들을 욕조에 가둬놓지 않아도 되는 개선의 여지도 있다. 전지적 사육飼育 시점의 창조주가 되고자 하는 기질이 나에게도 있는 것 같다. 그리고 이유는 알 수 없지만 그 세상은 수중 세계여야 했다.

물잡이의 진실

사랑하는 사람을 잡아야 하고 천재일우의 기회도 잡아야 하듯 물고기가 살 수 있는 환경을 만들기 위해서도 물을 '잡아야' 한다. 이 과정을 바로 '물잡이'라고 한다. 물론 세세한 화학 기호와 작용 원리까지는 사절이다.

어류의 생존에 필수적인 특정 박테리아는 막 받은 물에는 존재하지 않는다. 그래서 수초를 먼저 심고 여과기를 돌려 초기 환경을 만들어놓아야 한다. 한 달쯤 지나, 강한 생명력을 자랑하는 물잡이용 어종('제브라다니오'가 특히 강력하다)을 투입해 녀석들의 배설물이 여과 사이클의 매개가 되도록 한다. 며칠이 지나면 수조 속의 화학 변화로 대망의 박테리아들이 창궐하게 된다. 그러니까 물고기의 똥이 유용한 미생물을 창조하며 스스로의 생존을 돕는 셈이다.

사람이라고 다르지 않다. 유익한 미생물은 사람의 소화를 돕고, '건강에 도움을 주는 장내 미생물'로 정의되는 프로바이오틱스는 이제 건강 식품의 이름이 되었다. 한편 항생제 남용은 필수 미생물의 균형을 무너뜨려 각종 질환을 일으키는데, 이때 유익한 미생물 보충에 투입되는 것이 다름 아닌 대변, 즉 똥이다. 똥에는 미생물이 득시글하다. 실제로 건강한 사람의 대변을 캡슐에 담아 장내 미생물 불균형 환자에게 투여하는 것은 엄연한 의료 처방이라고 한다.(그렇다, 캡슐에 넣지 않으면 낭패다.)

아무튼 한 달이 넘는 과정을 거친 여기까지가 기본 물잡이다. 꽤나 진득한 참을성이 필요하다. 화려한 물고기 떼가 어른거려 죽겠는데 한 달이라니. 어릴 적 내 금붕어가 그렇게도 빨리 세상을 떴던 까닭도 이제야 드러난다. 수도꼭지에서 바로 나온 깨끗한 물을 좋아하겠지 싶어, 염소가 날아가도록 하루는 대야에 받아두고, 먼지가 들어가지 않도록 신문지로 덮어놓으며 그토록 정성을 들였는데 말이다. 하지만 깨끗한 물에는 고기가 모이지 않는다는 건 진실이었고, 꼬마의 선의는 오히려 금붕어를 죽음으로 몰아넣은 원인이 되었다. 오호통재라!

반짝이는 수족관

고래상어와 청상아리의 웅장한 흐느적거림은 장관이나, 야생에서 멀찍이 떨어진 메트로폴리스의 한복판에서 그들의 군무를 감상하는 건 어딘가 부자연스럽다. 그래서 계곡의 물길을 따라 사는 녀석들을 만나러 삼척시 근덕면 소한계곡으로 간

삼척시수산자원센터

▲ 민물고기 전시관으로 가는 길.

▼◀ 수산자원센터 1층에 있는 민물고기 전시관.

▼▶ 센터 앞 수조에서 양식 중인 알비노 송어와 전시관 수조 속 민물고기.

다. 이 얼마나 자연스러운가. 아쿠아리움이 아니다. '민물고기 전시관'이라고 정직하게 적힌 이정표가 소박하다.

반짝이는 명소다. 산허리 쪽에 민물고기 생태 학습관도 있어 아이를 동반한 가족 여행에도 안성맞춤이다. 심지어 관람이 무료다. 공공 기관인 수산자원센터의 부속 시설이니 응당 그래야지 싶다가도, 이 정도 구색을 갖춘 전시관이라면 소액의 입장료를 받아도 불만이 없겠다 싶다.

가장 통쾌한 것은 전시관이 자리한 풍경이다. 산과 계곡의 조화 속에 자연스레 녹아들어 있다. 삼척의 순진한 하늘을 올려다보고 있노라면, 대형 쇼핑몰의 지하층에 들어선 아쿠아리움은 상상만으로도 숨이 막힌다. 어차피 가두어진 생명체들이지만 이곳의 물고기들이 더 자유로워 보이는 건 순전히 기분 탓일 것이다.

지역의 계곡이나 하천에서 자생하는 생물군은 물론이고 멀리 아마존 수역의 어종까지 건강하게 물속을 날고 있다. 유리의 존재를 잊게 할 만큼 투명한 수조는 오히려 비현실적이다. 맑디맑은 물의 정체는 강원도의 1급수 계곡물일까. 공기만큼 투명한 물속에서 녀석들은 분명히 날아다니고 있었다. 우리는 중력에 발이 묶여 걸어야 할 존재이고, 저항 없이 헤엄치는 그들은 두 발을 딛고 있는 가련한 우리를 되레 탐색한다.

밀집도에 비해 여유 있는 수조의 공간은 가두어진 야생을 바라보며 생기는 죄책감을 조금은 상쇄해준다. 좁다는 것은 얼

마나 눈물 나는 일인가. 단칸방에 구겨 살던 가족들의 따스함
이야 더없이 소중하지만, 애초에 허락되지 않았던 자기만의 공
간은 마음속에서 닳고 해어져 상처가 된다. 대궐 같은 광막함
도 삶에 딱히 이로울 게 없으나, 한 몸 오롯이 운신할 공간만큼
은 어떤 생명에게나 주어져야 할 생의 조건이다. 신이 인간을
가두어 전시하는 것이라면, 미래에도 최소한의 공간은 확보해
주시기를.

들어는 보셨는지, 민물 김을

몇 년 전만 해도 상상조차 못 했던 미래 식품을 만나러 간
다. 밥반찬 하나 늘어나는 수준을 넘어 K-푸드의 가능성을 획
기적으로 업그레이드할 주인공이 삼척의 계곡에서 꿈을 꾸고
있다.

국내에서 유일하게 민물 김을 배양하는 민물 김 연구센터
는 민물고기 전시관에서 소한천 상류 쪽으로 460미터, 걸어서
7분 남짓한 거리에 자리한다. 그러니 낙원으로 들어서는 듯한
이 계곡길을 따라가면 삼척 민물 수산업의 헤드쿼터를 빠짐없
이 만날 수 있는 셈이다. 민물고기야 그렇다 치고, 민물 '김'이
라니. 세계 8대 불가사의처럼 기이하다. 김은 따질 것도 없이 바
다에서 나는 게 아니었나. 벼르고 별렀던 질문들을 쏟아내고야

▲ 민물 김 연구센터.

▼ 김동삼 박사.

말겠다는 마음으로, 적극적인 자세와 적당히 공격적인 태도를 유지한 채 센터의 벨을 누른다.

우리나라 민물 김은 김동삼 박사의 손에서 탄생했다. 국내 조류藻類 연구의 최고봉을 알현하니, 방금 전까지의 공격적인 태도는 자연스레 녹아내렸다. 의례적인 인사말이 잠시 오갈 줄 알았는데, 초면의 얇은 벽은 순식간에 무너졌다.

삼척으로 오기 전 김 박사는 제주해양수산연구원에 있었고, 그 시절 TV에서 나를 본 적이 있다며 얼굴이 익숙하다고 했다. 그 인연의 값이라도 치르듯, 민물 김에 관한 모든 것을 샅샅이 가르쳐주었다. 내 습득 능력과는 무관하게.

센터가 위치한 소한계곡에서 생산되는 김은, 정작 지역민들에겐 그리 놀라운 존재가 아니었다. 채취하는 양은 적었지만 사는 사람도 많지 않았던 삼척의 시골 마을에서는 산후조리용으로 미역 대신 쓰일 만큼 익숙한 식재료였다. 바다 김이 홍조류라면 민물 김은 녹조류, 그것도 민물파래과에 속한다. 사실 김보다는 파래에 더 가까운 생명체라는 뜻이다.

그러나 김발에 붙은 민물 김을 조각내 맛보면 여지없이 김의 풍미가 난다. 바다 김보다 맛은 깊되 슴슴하다고 느껴지는 건 조미 김에 익숙해진 입맛 탓일지도 모른다. 바다 김이 함흥냉면이라면 민물 김은 평양냉면 같다고 할까. 좋다. 바다에 상어가 있고 강에 철갑상어가 있듯이 김도 바다 김만 존재하란

법은 없다. 그렇다면 왜 하필 삼척인가. 우리 고장에서만 민물 김이 난다고 자랑하기엔 다소 성급해 보일 수도 있다.

"우리나라에서 민물 김이 나는 곳은 여기뿐이라는데, 정말 그런가요?"

답이 전광석화다.

"네."

북한을 제외하고 민물 김이 자생하는 것으로 확인된 곳은 삼척과 영월이지만, 영월의 민물 김은 강줄기가 바뀌면서 사라 졌다고 한다. 이후 우리나라에서 공식적으로 확인되는 유일한 자생지는 삼척 소한계곡뿐이다.

민물 김은 연중 수온이 12도에서 14도 사이로 유지되고 빠른 물길이 흐르는 계곡에서만 살 수 있다. 소한천이 사계절 내 내 일정한 수온을 유지하는 것은 지하에서 용출되는 물이 초속 1.2미터의 빠른 속도로 흘러 내려오기 때문이다. 데워지지도 얼지도 않는 일정한 수온과 꾸준한 유속, 사계절이 뚜렷한 우리 강산에서는 좀처럼 찾아보기 힘든 여건이다. 소한계곡의 환경은 그래서 귀하다.

민물 김이란 녀석은 참으로 까다롭구나 싶어도, 일단 한번 나타나기만 하면 질기디질긴 생명력을 보인다고 한다. 가물어 유량이 줄어들면 포자 상태로 바위에 달라붙어 생존을 유지하 다가 다시 물이 풍부해지면 곧바로 증식에 집중한다. 번식 방법 도 예사롭지 않다. 일 년에 두 번, 유성생식과 무성생식을 번갈

▲◀ 연구소에서 배양되어 자라난 민물 김.

▲▶ 연구센터 내의 민물 김 양식장.

▼ 김이 자생하는 소한천 구간.

아 가며 생장한다. 한 번은 짝을 만나 아이를 갖고, 또 한 번은 스스로 임신한다는 말 아닌가. 이 독특한 번식법 때문에 지금은 제한적으로 양식을 하고 있지만, 바다 김이나 미역처럼 무성생식으로 종묘를 생산할 수 있게 된다면 대량 생산도 불가능한 일은 아니라고 한다.

"그런 날이 곧 오지 않을까요?"

김동삼 박사는 옅은 미소를 띠며 되묻는다. 확신에 가까운 말투다. 믿어보자.

민물 김이 자랄 수 있는 유속과 수온을 유지하기 위해 펌프가 쉴 새 없이 계곡물을 순환시킨다. 기분이 좋아진다. 소한 계곡의 투명한 물은 버려지지 않고 돌고 돌기 때문이다. 저 정도 맑은 물이면 손 우물을 만들어 단숨에 들이켜고 싶다. 대야에 담아 뽀득뽀득 세수라도 하고 싶다. 계곡물을 들이켜고 고인 물에 세수해본 마지막 순간이 도대체 언제였던가. 고집스럽게 1급수가 꾸준히 공급되기만 바라고 있으니, 민물 김의 본질은 청정일 수밖에 없다는 생각이 든다.

하지만 아무리 청정의 집약체라 해도 김 한 장에 5만 원은 부담스럽다. 언제쯤 관광객들이 무리 없이 특산품으로 사 갈 수 있을까 묻자, 지금과 같은 연구 속도라면 5년 내에 대량 생산이 가능할 거라는 답이 돌아왔다. 그럴 줄 알았다. 김 박사의 자신에 찬 미소가 이미 말해주지 않았던가.

저녁 밥상에 오른 구운 민물 김에 막 지은 밥을 올리고 양

념간장을 쓰윽 바른다. 양 끝단을 매만져 밥알이 빠져나가지 않도록 단속한 뒤 그대로 입 속으로 투하한다. 강원도의 계곡이 몸을 관통하는 듯한 맛. 그 경험이 5년 뒤엔 많은 이들에게 현실이 될 것이다. 김 박사님, 모쪼록 잘 부탁드립니다.

소한계곡은 흘러 초당저수지에 고인다. 겨울에 맞서야 할 태양은 막바지 힘을 다해 가시광선을 쏘고 있다. 물속의 생명체들도 아직은 수면의 따스함을 즐기고 있다. 하지만 얼마 남지 않았다. 겨울잠에 가까운 침잠을 위해 곧 호수 바닥의 벙커로 이동할 시기가 임박했다. 무겁고도 긴 겨울을 잘 이겨내야 할 텐데. 힘 있는 반동으로 탄력 있는 몸통을 퍼드덕거릴 봄이 어서 오기를, 아직 오지도 않은 겨울을 건너뛰고 싶다는 마음이 성마르게 앞선다.

양가적 감정이 교차한다.

누구나 아는 삼척이 아니라 소한과 초당이 반짝이는 삼척을 많은 사람들이 만끽했으면 좋겠다. 고속철도 연결됐으니 곧 그렇게 되겠지. 아니야, 그러다 계곡 생태계가 파괴되면 어떻게 하나. 그럼 민물 김은 또 어떡하라고.

나는 어떻게 해야 할까.

삼척 초당저수지.

자작은
책이 되어

하루의 시작은, 사무적으로 말하자면 일과의 시작은 노트북의 절전 기능이 해제되는 순간부터다. 필요한 프로그램들이 몽롱함에서 깨어나 기지개를 켜면, 곧 방송할 라디오 시사 프로그램의 클로징 원고를 작성한다. 기가 막힌 필력을 자랑하는 담당 작가가 그날의 주요 내용을 예고하는 오프닝과 본문을 미리 전달해주기 때문에 나는 시간 조절용으로 혹시 써먹을 수 있을지 모르는 '마무리 쿠션용' 원고를 쓰는 것이다.

날씨와 어울리고 지역의 이슈와 어울리는 구어체 문장을 한 줄 한 줄 입력하다 보면 결국 일상을 여는 건 대화고 소통이구나, 그래서 작고 잦은 설득들이 오늘도 오고 가겠구나 하고 하루를 짐작하게 된다. 희뿌연 늦가을 공기가 푸르스름한 장막을 걷어내는 이른 아침의 '늑대와 개의 시간'은 갈수록 무뎌지는 머리를 서늘하게 자극한다.

다음은 사내 인트라넷 접속. 결재할 것이 있는지, 업무 메일은 몇 개나 도착해 있는지 확인한다. 그러고 나서는 게시판을 휘 둘러보는데, 경조사란은 유독 신경이 쓰인다. 각별한 선후배와 동기들의 경사에는 축하할 마음을 챙기고, 애사나 조사에는 안타까움을 나눌 준비를 하기 위해서다. 게시글의 간격은 불과 한 줄이지만 기쁨과 슬픔의 온도 차는 하늘과 땅이다. 청첩장이 첨부된 사내 커플의 한없이 밝은 공고가 들떠 있고, 바로 그 아랫줄엔 불치병으로 부인을 잃었다는, 단장의 고통이 절절한 부고가 무겁게 눌려 있다. 경사와 조사가 노트북 화면 속에서 업데이트되는 모습은 시답지 않은 뉴스 단신의 활자들이 무심히 교체되는 장면을 보는 듯하다. 누가 방송국 사람들 아니랄까 봐.

한낮의 태양이 더 맥을 못 추기 전에 가을의 꼬리를 잡아채야겠다. 강원도의 가을 꼬리는 빛으로 충만하다.

가을날의 자작나무를 좋아하세요?

인제로 간다. 참 넓다, 강원도. 강릉에서 출발해 원대리까지는 한 시간 반. 그것도 막힘없이 내달렸을 때 그렇다. 소양강과 한 몸이 될 운명인 내린천과 더불어 인제의 상징이 된 원대리 자작나무 숲은 계절에 관계없이 상림객賞林客을 유혹한다.

온전한 자작나무 숲까지는 입구에서 제법 걸어야 한다. 원대봉 정상부의 완만한 고원지대로 이어지는 윗길을 선택하면 포장도로를 따라 비교적 수월하게 오를 수 있다. 그렇다 해도 자작나무들이 군집을 이루는 별바라기 숲까지는 한 시간은 족히 걸린다. 가벼운 마음으로 걷지만 등산은 등산이다. 겨울에는 아이젠을 착용하지 않으면 입산이 아예 금지될 정도라, 만만치 않은 탐방이 되기도 한다.

생각보다 가파른 오르막은 별바라기 숲까지 이어지는 전체 코스 중 3분의 2 지점까지 계속된다. 이 깔딱 고개만 지나고 나면, 완전한 평지에 가까운 숲길이 종착지인 별바라기 숲까지 그대로 이어진다. 고통을 견뎌낸 무릎과 장딴지는 경사도 제로의 행복에 취해 그간의 중력을 잊어버린다. 상쾌한 마음으로 나머지 3분의 1을 내달리면 마침내 그들이 시야에 들어온다.

자작나무의 흰 수피와 설경의 순백이 시너지 효과를 일으키는 겨울 숲은 이승을 잊게 할 만큼 환상적이다. 그러나 11월 앞머리에서 만난 숲에는 순박하게 응축된 빛이 자잘거린다. 상록수의 거무스름한 몸통과 대비되는 자작나무의 강건한 우윳빛은 믿음직스럽고, 이제는 우듬지에서만 팔랑거리는 노란 잎들은 대견하다.

원대리 자작나무 숲.

샛노랑이라기보다 연둣빛이 섞인 차분한 노랑의 색감은 봄날 산수유꽃을 닮았다. 아예 이름부터 적적한 페일-옐로Pale-Yellow라 불러야 할까. 가라앉은 노랑의 잎들이 바닷속 정어리 떼의 비늘처럼 제각기 빛을 반사한다.

경추를 최대한 늘려 나무의 정상을 올려다본다. 헤실거리는 바람에 노랑 잎들이 각도를 달리하며 춤을 추고 있어서 망막이 간지러울 정도다. 눈이 부시다가, 이내 부시지 않다. 곧 사라져버릴 빛의 장난이다. 땅속 거름이 되고 말 무력한 존재들의 간지러움이다. 이 무력한 것들의 가녀린 군무를 감상하지 않고서는 배길 수가 없다. 시련의 계절인 순백의 겨울이 다가오면 가장 강렬한 존재감을 내뿜게 될 존재, 주인공으로 등극하기 직전 극도로 움츠리고 있을 늦가을의 자작나무를 조심스레 쓰다듬는다.

아래에서 위로 시선이 흐르다 보니 자연히 세로로 찍힌 사진이 많다. 쇼츠에서 본 바로 그 구도다. 인제의 자작나무 숲에서는 모두가 MZ가 된다. 수피의 질감에 정신을 빼앗기다가 무심히 흩어진 빛의 조각을 탐색한다. 세로 구도는 나무의 수직성을 거스르지 않는다. 세로로 선 나와 자작나무, 그리고 사진이 한 몸이 된다. 냉정하고 폐쇄적으로만 보이던 세로의 이미지는 별바라기 숲에서 세련되고 세밀한 풍경화로 변모한다.

세상 어떤 나무가 이렇게 감성적일 수 있을까. 감성적인 사람만이 상대방을 공감의 연못에 빠뜨릴 수 있다면, 자작나무의

별바라기 숲.

몸통 속엔 엄청난 감성의 고갱이가 박혀 있음이 틀림없다. 수피를 살짝 문지르면 묻어나는 하얀 가루가 그 증거다. 포화된 감성을 감당하지 못한 자작나무는 단단한 껍질 바깥으로 자신의 응어리를 떨궈내는 것이다.

원래 소나무로 가득했던 정상부의 숲은 솔잎혹파리 피해가 극심해지자 자작나무로 대체 조림되었다. 1995년까지 꾸준히 심어진 자작나무들은 하늘을 향해 곧게 뻗어가며 지금의 환상적인 숲을 이루었다고 한다. 냉대 기후에서 번성하는 자작나무의 성질상, 국내에서 이토록 완전한 군락지를 형성할 수 있는 곳은 강원도뿐이다. 다른 곳에서 따라 심고 싶어도 그럴 수 없는 수종을 과감히 조림목으로 결정한 산림청과 자치단체에 경의를 표한다.

자작나무는 관상의 기쁨과 별개로 쓰임새도 월등한 수종이다. 기름기가 많아 습기에 강하고 불이 수월하게 붙는다. 오죽하면 '자작자작' 야무지게 타들어 가는 소리가 이름이 되었을까. 껍질에 함유된 성분은 진해·거담에 탁월한 효과가 있어 빻아서 약으로도 쓴다고 한다. 그뿐인가, 삼국시대에는 자작나무 껍질을 종이 대신 사용했고, 신라 천마총의 천마도 또한 자작나무 껍질 위에 그려졌다. 신라의 말은 자작나무 껍질의 표면에서 하늘로 날아올랐다. 높은 강도와 내구성을 가진 목재로 사랑받는다는 것은 널리 알려진 사실. 그러니 자작나무 숲에선 감사하고 또 감사할 일이다.

자작자작.

늦가을의 감성과 감사가 천천히 타오르고 있다.

책 싣고 내려온 우주선

짧아진 해가 그림자의 방향 전환을 재촉한다. 아직은 쨍한 남빛 하늘이지만 곧 지평선 위로 주홍의 띠가 모습을 드러낼 것이고, 지난여름과는 비교할 수 없는 속도로 주홍은 진보라로, 진보라는 이내 먹빛으로 빨려 들어갈 것이다. 비록 인공의 공간이지만 자작나무 숲에서 받은 감동이 채 가시기 전에 찾아가도 전혀 어색하지 않을 곳으로 향한다.

인제 읍내의 '기적의 도서관'은 진입하는 순간부터 해방감이 가득이다. 내부에서도 원형 구조가 그대로 드러나는 이 건물은 배경의 산세와 다투지 않는다. 자작나무를 닮은 도서관에서 자작나무 종이의 후예들은 어떤 대열로 나를 맞아줄지 심장이 쿵쾅거린다. 안으로 들어가자.

놀랍다. 둥글게 둘러선 수많은 책들이 나에게 스포트라이트를 비춘다.

먼저 친밀한 속삭임이 들린다.

"여기는 우리 책들의 우주선이요. 어서 탑승해 저 멀리 태

인제 기적의 도서관 내부.

양계 너머로 같이 독서 여행을 떠나지 않겠소?

이어 살벌한 목소리가 뒤따른다.

"용기가 가상하군. 책들의 콜로세움에 감히 들어오다니. 당신 수준으로는 감당 못 할 상대들도 있을 텐데, 어디 한번 겨뤄 보시겠소?"

책들이 말을 걸어오자 순간 희미한 어지럼증이 인다. 인제에서 꿈을 꾸고 있는 건가? 둥근 구조가 나를 빙 둘러싼 탓에 더 몽롱해지는 것인지. 눈을 힘껏 감았다가 다시 정신을 차린다.

삶의 이면이 조금은 보이는 나이가 되면서, 굳이 무엇을 소유해야 한다는 집착을 적잖이 내려놓았다. 말과 글에는 책임을 져야 하므로 예외는 둬야겠다. 책만 빼고는 그렇다는 거다. 빨간 줄을 쳐놓았으니 언젠가 다시 찾아보겠지. 글을 쓸 때 참고하려면 옛날 책들도 다 가지고 있어야 해. 그럴듯한 이유를 들먹거리며 소유욕을 꽃피우고 있다. 실은 거실 한 면을 가득 채운 책들을 바라보는 포만감 때문이다. 솔직히 말해, 자기만족.

그래서 도서관을 찾은 것이 도대체 얼마 만인지 깨닫는다. 책을 빌린 뒤 반납하는 걸 질색하는 버릇은, 마치 머릿속에 들어온 지식까지도 반납하는 기분이 들어서가 아닐까. 그만큼 제대로 꾹꾹 눌러, 꼭꼭 씹어 읽지 못했다는 자책일지도 모른다. 기적의 도서관 서가를 채운 무수한 책들이 그런 나를 꾸짖는 듯하다. 자작나무 군락을 연상케 하는 도서관의 기둥들은 읽기의 엄중함을 수직으로 누르며, 어리석은 소유욕을 경고한다.

공간의 충격에서 벗어나자, 거스러미 같던 불편함이 다시 고개를 든다. 여기가 '기적의 도서관'이라고? 설마 오래전 MBC '느낌표'의 코너 '책책책, 책을 읽읍시다'에 등장했던 그 기적의 도서관? 검색해보니 첫 방송이 2001년이다. 국민 독서 장려 혹은 계몽의 목적으로 매주 권장 도서를 선정하고, 기금을 모아 문화의 혜택이 절실한 지역에 도서관을 지어주던 프로그램. 예능과 교양이 버무려진 '책책책, 책을 읽읍시다'의 임팩트는 상당해서, '기적의 도서관'이란 말은 지금 들어도 친숙하다. 그래도 그렇지, 그건 그거고 언제 적 기적의 도서관이란 말인가. 예능의 청동기 시대 소산 아닌가. 2023년에 완공된 도서관에 그런 추억의 이름이 붙었다는 건 무언가 다른 이유가 있음이 분명했다. 물어봐야지 그럼.

인제 기적의 도서관 2층의 사무실에서 심민석 관장을 만났다. 그런데 이럴 수가! 그 기적의 도서관이 맞았다. MBC와 건립 사업을 함께했던 책읽는사회문화재단이 방송 폐지 이후에도 지역의 자치단체와 협력해 기적의 도서관을 계속 세우고 있었던 것이다. 2003년 11월 전남 순천에 처음 탄생한 기적의 도서관은 인제에 2023년, 부산에 2024년… 이렇게 21년 동안 열여덟 곳이 세워졌다. 거의 해를 거르지 않고 사업이 지속된 것이다. 캠페인 방송과 함께 슬쩍 사라지는 공익사업이 얼마나

▲ 인제 기적의 도서관 외관.

▼ 심민석 관장.

많았던가. 그런 점에서 기적의 도서관 건립 사업은 칭찬받아 마땅하다. 다만 예전처럼 전방위적 도움을 받기는 어렵다고 한다. 인제의 경우 연세대학교 건축과 이상윤 교수팀이 설계를 기부했다. 지하 1층, 지상 2층, 연면적 3천 제곱미터의 건물을 설계하는 데 얼마나 값진 품이 들었을까. 그것만으로도 한량없는 보탬이 되었을 터다. 교수님께 명예군민증을!(이미 받으셨다면 강원도민증도!)

설립은 그렇다 치고, 내심 불안한 마음이 접촉 불량으로 오작동이 난 듯 머뭇거리던 입술을 마침내 밀어냈다.

"다 좋은데⋯ 이 넓은 공간이 과연 인제 군민만으로 유지될까요?"

진심으로 기적의 도서관이 오래 지속되기를 바라는 마음에서였다. 조심스러운 질문이었지만, 돌아온 답변은 거침이 없었다.

"많이들 오세요. 오늘은 좀 한산한데 주말엔 최소 80퍼센트는 자리가 차고, 동아리실은 들어가기도 쉽지 않아요."

가는 날이 장날이 아니어서 빈자리가 많았던 것일 뿐, 평소엔 인제 군민들만으로도 공간이 꽉 찬다는 설명이다. 이 멋들어진 장서의 보고가 쇠락할 가능성은 그리 커 보이지 않았다. 탄력을 받아 다시 물었다. 도서관이 세워진 뒤 가장 뿌듯한 순간은 언제냐고.

"아이들을 좀 더 나은 환경에서 키워보려고 대도시 학부모님들이 이곳저곳 탐방하거든요. 그런데 기적의 도서관을 보시고 나서 인제에 살아야겠다고 결심하실 때죠."

이 정도면 잘 키운 도서관 하나가 마을의 형태를 바꿀 수도 있겠다 싶다. 괜스레 질투가 나서 살짝 공격적인 질문을 던졌다.

"그래도 인제 군민만 이용하기엔 너무 아까운 시설인 것 같은데요?"

오늘의 공격 성공률은 제로다.

"아뇨, 대부분의 도서관들이 책이음 서비스에 등록돼 있어요. 거기에 가입하셨다면 다른 지역에서 오신 분들도 누구나 이용 가능합니다."

오케이, 완패.

인문학 강연, 마술 공연 같은 문화 프로그램 개최, 미디어 아트실 설치, 그리고 무엇보다 '고루하지 않은' 장서의 구비는 기적의 도서관이 인제의 새로운 명물로서 전혀 손색이 없음을 증명한다. 강원도의 모든 시·군에 이렇게 개성 넘치는 대표 도서관이 하나씩 있다면 얼마나 자랑스러울까. 이곳에서 빌린 책에는 자작나무의 서늘한 향기가 배어 있을 듯하다. 공유의 선한 본능이 소유욕의 어리석음을 조용히 눌러버린다. 도서관은, 아름답다.

아주 어릴 적부터 유난히 좋아한 냄새가 몇 가지 있다. 누군가는 고개를 끄덕이고, 누군가는 정색하며 고개를 저을 것이다. 코끝이 까매지도록 킁킁거리며 맡던 종이 신문의 화학적인

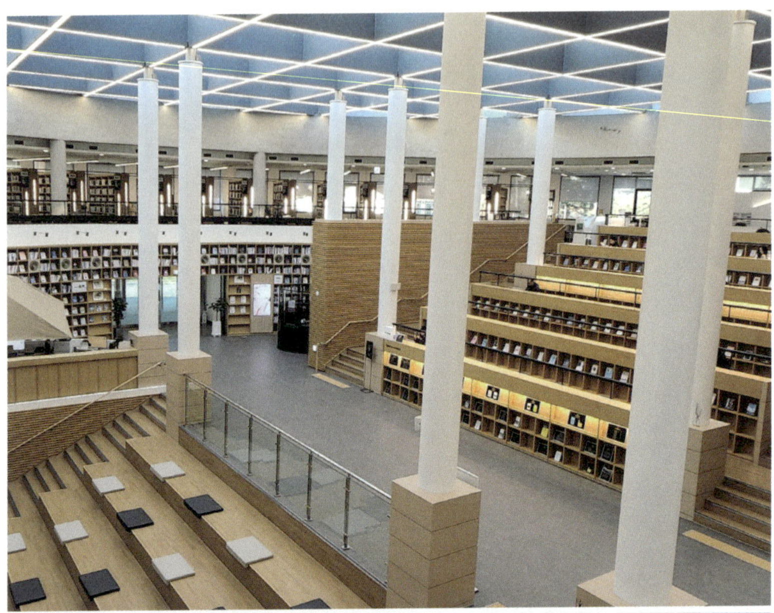

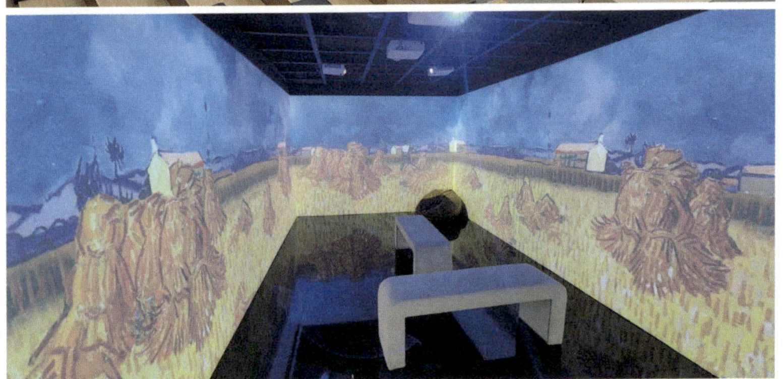

▲ 강연이나 공연 공간으로도 사용되는 계단식 좌석.

▼ 미디어아트실.

냄새, 이와 비슷한 계열의 분자가 후각을 자극하는 주유소의 기름 냄새 그리고 갓 발행된 책에서 풍겨 나오는, 말로는 표현하기 어려운 강박적인 향기가 그것이다. 중독은 폐해를 부르기 마련이어서 단어 자체만으로도 공포가 엄습하지만, 인쇄된 종이 냄새에 중독되는 것은 스스로 만든 달콤한 늪에 기꺼이 빠져드는 일이다. 기적의 도서관은 가슴 설레는 종이 중독의 총체이고, 활자 중독자들에게는 더없는 성전이다.

인제, 내려보고 올려보는

내린천의 정서는 독보적이다. 강의 지류들 중에서도 가장 거침없는 얼굴을 하고 있다. 머뭇거림이 없어 오히려 처연하다. 원시의 고통을 품은 채 운명을 따라 곧장 치고 내려갈 뿐이다. 물살 아래엔 차고 넘치는 이야기가 숨어 있지만 단 한마디도 흘리지 않는다. 궁색한 기미는 한 방울도 없고, 사람의 시선 따위도 아랑곳하지 않는다. 인제의 내린천은 굽이치는 곡면마저 직선으로 돌파해버리는 비장함으로 흐른다. 강원도의 본성은 곧 내린천의 속성이다.

쇄서포의曬書胞衣.

책과 옷을 볕에 말리고 싶은 하늘이다. 더구나 가을 햇살이다. 눅눅해진 표지는 햇볕 아래 소독되어 풀 먹인 듯 빳빳해

내린천.

질 것이다. 책에 물이 튀면 안 되니 내린천 변은 피해야겠다. 산속 자작나무 숲이라면 좋겠다. 늦가을의 성긴 가지들은 선물처럼 내려오는 햇살을 막지 않을 것이다. 자작이 기억하는 들큰한 북국北國의 향기가 페이지마다 콕콕 들어찰 것이다. 나무는 책이 되고 책은 다시 나무가 된다. 그러니 책을 말리기 좋은 유토피아는 여기, 인제가 틀림없지 않은가.

내린천을 내려다보며 책을 들여다보느라 거북목이 되었다. 깊어진 하늘을 다시 올려다본다. 은근한 통증은 오히려 경추의 피로가 풀어지고 있다는 신호다. 통증이 사라질 즈음엔 시선을 낮춰 시야를 넓힌다. 겹겹이 층을 이룬 숲이 전경을 풍요롭게 하고, 자작나무 숲 깊숙한 곳에서는 사슴이 뛰어놀고 있을 것도 같다. 고매하고 탄성 있는 그들의 도약은 나무껍질에 반사돼 반짝일 것이다. 애당초 이곳은 사슴의 땅이었다.

'인제麟蹄'는 사슴의 발굽이란 뜻이다.

다리는
술샘을 가로지르고

한동안 눈이 내리지 않았다. 산 너머 평창부터 저 멀리 호남 지역까지 알프스나 진배없다는데, 이번 폭설에서 영동 지역만은 예외다. "국경의 긴 터널을 빠져나오니 설국이었다"가 아니라 "강릉에서 대관령 제1터널을 지나니 설국"이 된 것이다. 눈이 내리기는커녕 포근한 날씨라니, 이래도 되는 건가 싶어 괜히 미안해질 정도다. 태백산맥이 눈구름을 가로막으면서 적설량에 극단적인 차이가 생겼다고 한다. 하지만 방심은 금물이다. 영서의 고비가 지나고 나면 늦겨울 폭설의 고장은 항상 영동이 되어버리니까. 적어도 3월까지는 긴장을 늦출 수 없다.

겨울엔 외길로, 판운리 섶다리

눈이 덮인 영월로 간다. 오래전부터 설경 속의 다리를 보고 싶었다. 그것은 생멸을 거듭하는 운명을 타고난 교량이어야만 했다. 가뭇한 허깨비처럼 존재했다가 사라지는 냇가 마을 다리의 숙명을, 무려 140여 년 전 '앎의 파괴자'는 이렇게 묘사했다.

> 물속에 들보가 세워지고 좁은 판자다리와 난간이 그 강물 위로 솟아오르면, 정녕 "만물은 유전한다"고 말하는 자를 믿을 사람은 없게 된다. (중략) 혹심한 겨울이 강물이라는 짐승을 길들여 얼어붙게 만드는 겨울이 다가오면 더없이 재치 있는 자들도 만물은 유전한다는 사실을 의심하게 된다. (중략) 그러나 봄바람은 이 가르침에 반대되는 설교를 한다. 봄바람은 밭이나 갈도록 길들여진 얌전한 수소가 아니라 성난 뿔로 얼음을 깨부수는 난폭한 수소이며 파괴자다. 깨진 얼음은 다시 판자다리를 무너뜨리고 만다. 오, 형제들이여. 이제 모든 것이 유전하고 있지 않은가? 모든 난간과 판자다리가 물속으로 가라앉지 않았는가?
>
> ― 프리드리히 니체, 『자라투스트라는 이렇게 말했다』
>
> (정동호 옮김, 책세상, 2000년, 327쪽)

신과 더불어 다리마저 죽여버린 니체, 망치를 든 철학자답

영월 판운리 섶다리.

다. 영원회귀의 사상을 봄바람과 강물, 판자다리의 순환적 운명
으로 빗댄 문장이지만, '난간'이란 단어만 빼면 영월 섶다리의
일생을 그대로 옮겨 적은 묘사처럼 읽힌다.

　　마을 사람들은 추수 뒤 수량이 잦아드는 시기에 물푸레나
무로 만든 뒤집힌 Y자 형태의 교각을 강바닥에 세운다. 그 위
에 소나무나 참나무 등을 얹어 골격을 만들고, 솔가지로 상판
을 평평하게 덮은 뒤 진흙으로 포장하고 나면 섶다리가 완성된
다. '섶'이란 땔감으로 쓸 수 있는 나무를 통칭하는 말이니, 딱
히 특정한 수종만을 고집할 필요는 없다. 겉보기에는 위태로워
보여도 섶다리는 하중에 반작용하는 출렁거림으로 오히려 안
전을 담보한다. 나무의 탄력성이 없다면 이런 안정된 유연함은
바랄 수 없을 테니, 섶다리는 단지 민속 구조물이 아니라 자연
의 성질을 정확히 읽어낸 과학이라 할 것이다.

　　늦봄까지 그 자리에 서 있던 다리는 장마로 불어난 세찬 강
물과 함께 하류로 쓸려 내려가버리면 그만이었다. 다리의 재료
가 되었던 자연의 일부는 그렇게 다시 자연으로 돌아갔다. 수
장水葬이 오히려 자연스러웠던 셈이다. 자라투스트라가 역설했
던 판자다리의 운명과 다를 게 없다.

　　판운리 섶다리는 마을을 가로지르는 적당한 폭의 평창강
을 건너기 위해 만들어졌다. 이젠 과거처럼 물살에 쓸려 내려가
도록 방치하지 않는다. 다리에 꼭 맞게 재단된 재료들을 구하기

어려워지자 주민들은 장마를 앞두고 섶다리를 분해해 재활용한다. 만들고 또 분해하는 고된 노동이 반복되지만, 매년 훌륭한 섶을 구하러 다니는 수고에 비하면 그 편이 오히려 나았을 것이다.

진흙 위에 눈이 코팅된 다리 위를 조심스레 걷는다. 산봉우리 사이를 가로지르는 출렁다리는 교각이 없어 거칠게 요동치지만, 교각이 있는 다리는 흔들림이 한결 완만해 어지럽지 않다. 봄이나 가을, 흙바닥의 바삭거림도 반갑겠지만, 진흙 위로 다져진 눈을 밟는 촉감은 흐뭇함에 짜릿함을 더한다. 이 계절에 오기를 잘했다.

절반쯤 얼어붙은 강물은 겨울의 혹독함보다는 숨 쉴 여백을 허락하고 있다. 푸르스름한 윤곽을 드러낸 얼음들은 투박하지 않고, 평창강이 만들어낸 사납지 않은 돋을새김이 된다.

주천리 쌍섶다리 그리고 단종과 엄흥도

인공 구조물 중 다리만큼 스스로의 존재에 만족해할 사물이 또 있을까. 엄정한 기능물이라기보다 차라리 '오브제'에 가까운 대접을 받는 다리들도 허다하다. 다리는 분명 '건너기' 위한 매개물이다. 기능은 그 한마디로 족하다.

그러나 떠올려보자. 본질을 넘어 운치가 덧씌워진 영광의 다리들은 이 세상 곳곳에 존재하지 않는가. 유려한 건축미를 뽐내는 작품이 되거나 역사적 사건의 무대가 되어 사람들을 불러 모은다. 그러고는 인간들의 호기심 어린 시선에 "뭘 그렇게들 유난이신가, 그냥 빨리 건너가시지 그래?" 하며 여유롭게 맞받아친다.

시공간을 순간 이동한다. 설경 속 판운리에서 초록이 생동하는 봄의 주천리 주천강변으로. 판운리에서 주천리까지는 차로 채 십 분도 걸리지 않는 거리니, 시간 이동이 공간 이동을 훨씬 앞서는 셈이다.

남한강을 이루는 큰 물줄기는 동강과 서강이다. 태백 검룡소에서 솟아난 물은 정선과 영월을 지나며 동강으로 확장하고, 오대산에서 발원한 물은 평창군 봉평에서 평창강이 되어 여기 주천강과 합일해 서강을 이룬다. 그러니 영월은 동강과 서강, 두 물줄기의 유유한 흐름을 한자리에서 감상할 수 있는 무대라 할 만하다. 그중에서도 서부 영월군의 주천면은 서강의 젖줄인 평창강과 주천강을 모두 품은 마을이다. 가히 합일의 상징이라 부를 만한 곳, 영월은 고매하기 그지없다.

주천강에는 '11자 형태'로 놓인 쌍섶다리가 있다. 왜 굳이 쌍으로 만들었을까. 둘쯤은 놓아야 마을에 복이 든다는 풍수적인 이유 때문일까. 아니면 물살의 세기를 분산시키기 위한 구조적인 설계의 일환일까. 해답의 단초는 이 섶다리가 누구를

주천면 주천리를 흐르는 주천강.

위해 만들어졌는지를 되짚어보는 데 있다.

영월을 말할 때는 단종을 빼놓을 수 없다. 단종에 대한 추모를 여권 삼아 군의 경계를 넘는다고 해도 과언이 아닐 만큼 단종을 떼어놓은 영월은 영혼을 잃어버린 육체와도 같다. 영화 〈왕과 사는 남자〉 개봉 이후 단종의 묘 장릉과 충신 엄흥도의 묘에는 참배객이 줄을 잇고 있다. 영화 속 노산군의 슬픈 눈에 빠져버린 사람들은 원주 신림면에서 영월 청령포까지 총 44킬로미터에 달하는 단종의 유배길을 순례하기도 한다. 비운의 왕 단종에 대한 연민은 국민적 정서와 가깝다. 자칫하면 식상한 작품으로 남을 수 있었던 〈왕과 사는 남자〉가 센세이션을 일으킨 데에는 충신 엄흥도의 역할을 빼놓을 수 없다. 배우 유해진의 찰떡 연기가 흥행의 원동력이었음은 두말하면 잔소리다. 영월 장릉을 찾은 사람들은 이제 엄흥도 정려각을 그냥 지나치지 않는다. 엄흥도의 충절을 치하한 영조의 어명으로 현재의 읍내 중심가에 설치되었던 정려비(충신 등을 기리기 위한 비석)는 1969년 자리를 옮겨, 장릉 경내에서 각閣의 비호를 받게 되었다. 엄흥도가 단종의 시신을 수습해 매장한 지금의 장릉 자리가 애초 엄흥도 가문의 선산인 동을지산이므로, 영월 엄씨의 땅에 그의 충절을 기리는 비석이 있는 건 지극히 당연한 일일 것이다.

조상을 대접하는 데 탁월한 영월 엄씨 가문의 후손들은 자랑스러운 선조의 묘역을 단장했다. 엄흥도의 묘는 영월 읍내에

▲ 영월 장릉.

▼ 장릉 경내의 엄흥도 정려각.

▲ 엄흥도의 묘로 오르는 계단.

▼ 엄흥도의 묘.

서 동남쪽에 있는 팔괴리의 언덕 위에 있다. 묘역으로 진입하는 계단의 초입이 도로변에 있어 정차하고 이동할 때 주위를 반드시 살펴야 한다. 계단은 낙엽이 깔린 가을이나 얼음이 덮인 겨울엔 꽤 긴장하며 올라가야 할 정도로 급한 경사를 이룬다. 종아리에 날카로운 통증이 밸 때쯤이면 석물이 보이고, 그 뒤로 범상치 않은 포스의 묘가 보인다. 노산군 이홍위의 시신을 수습한 뒤 도피 생활을 해야만 했던 충신의 의지와 삶의 고단함은 가파른 계단이 되었고, 후대의 영광과 복권은 번듯한 묘역으로 표현되었다. 훗날 조정으로부터 사육신의 뒤를 이어 생육신보다 높은 대우를 받은 충신 엄흥도. 그에 대한 찬사의 증거가 빽빽한 묘역 일대는 영월의 산세를 감상하기에 제격인 전망대로도 손색이 없다.

목숨이 끊어진 어린 왕의 시체를 강가에서 한 치도 옮기지 말라며, 이를 어기면 삼족을 멸하겠다는 잔인무도한 명을 내렸던 세조는, 후대 사람들이 조카의 끔찍한 운명을 이토록 깊이 감싸안을 줄 몰랐을 것이다. 숙종 대에 이르러 넉넉한 묘역을 단장하고 묘호가 내려진 뒤, 장릉은 역대 강원도 관찰사들이 부임의 명을 받으면 반드시 들러 참배해야 하는 성소가 되었다. 오늘날 도지사들이 취임 첫날 지역의 국립묘지를 참배하는 관행에도 다 원류가 있었던 것이다.

지형상 주천리 일대는 단종의 행렬은 물론이고 한양에서 출발한 관찰사 일행이 장릉으로 향하던 길목이었다. 마을 사람

주천면 주천리와 신일리를 잇는 쌍섶다리.

들은 신임 관찰사 일행이 주천강을 안전하게 건널 수 있도록 섶 다리를 놓았다. 그런데 관찰사 정도 되는 고위직 공무원이 두 발에 먼지를 묻힐 수는 없는 법. 성스러운 옥체를 모신 가마는 사인교四人轎였고, 하나의 다리 폭으로는 가마 양쪽의 가마꾼이 동시에 건널 수 없었다. 이렇게 되자 주천강 동서 양쪽의 마을 사람들은 힘을 합칠 수밖에 없었다. 강 동쪽의 주천리 사람들 은 신일리 쪽으로, 신일리 주민들은 주천리 쪽으로 각각 다리 를 놓았다. 관찰사 일행의 장릉 행차를 수월하게 하기 위해서였 다. 경쟁은 시공의 품질과 속도를 끌어올렸을지도 모른다.

주천강을 듬직하게 가로지르는 쌍섶다리는 단종의 비극을 소급하고 후대의 추모를 눈에 보이는 형상으로 남긴 구조물이 다. 주천면은 말 그대로 섶다리의 고장이다.

주토피아의 조건

전국의 주당들에게 그토록 간절하고 신성하게 술을 추앙 해왔다면 진즉에 순례했어야 할 장소들을 말씀드리겠다. 쌍섶 다리의 신일리 쪽 건너편에는 망산望山이 있고, 그 아래에 술샘 공원이 있다. '술샘'은 '주천酒泉'의 순우리말이다. 그렇다, 이곳 은 술이 샘처럼 넘쳐흘렀다는 마을이다.

망산의 기슭에 술이 솟아났다는 샘이 있었다고 전해지고,

그 샘터와 가장 가까운 도로변에는 마을의 이름을 당당하게 알리는 표지석이 서 있다. 진정 이 이야기가 사실이라면, 이곳은 당신들이 꿈에도 그리던 유토피아가 아니겠는가. 글만으로도 입 안에 침이 고이는 독자가 있다면, 간 수치 확인을 미루지 않기를 권한다. 중증이다.

술샘과 관련된 설화도 예사롭지 않다. 선조들의 해학과 풍자가 빠져 있다면 우리나라 설화라 부르기 어렵다. 주천의 샘에서 끊임없이 솟아나는 술은 신기하게도 양반이 담으면 청주가 되고, 상민이 받으면 탁주가 되었다. 허구한 날 탁주만 길어 오던 마을의 한 상민은 기어코 청주를 맛보고 싶은 욕심에 양반의 행색을 갖추고 술샘을 찾는다. 어색한 갓끈의 걸리적거림을 참아내며 쿵쾅대는 심장 박동을 억누른 채 술 바가지를 내밀었다. 하지만 담긴 것은 여전히 탁주였다. 얄팍한 눈속임으로 맑은 술을 구하려 하다니, 술샘의 신묘함을 무시해도 한참 무시한 결과였다.

다른 방법은 없을까. 상민이 양반이 되는 길은 몇 가지가 있었지만 그중 하나가 숱한 관문을 뚫고 과거에 급제하는 것이었다. 이 고을에서 농사를 짓던 한 젊은이가 과거에 급제해 말을 타고 금의환향했다. 만약 그가 급제를 통해 신분 상승을 꿈꾼 이유가 술샘에서 청주를 받기 위해서였다면 지구 최강 주당으로 인정해야 할 것이다. 부모님께 인사도 올리기 전에 술샘으로 달려간 초짜 양반은 비단옷 소매가 젖는 줄도 모르고 허겁

지겁 바가지에 술을 담았다. 술의 정체는 무엇이었을까? 수심, 아니 주심酒深 1센티미터도 안 되는 가시거리의 정통 탁주였다. 도대체 머리 싸매고 공부는 왜 한 건가. 원통해 가슴을 치는 양반을 바라보며 술샘은 냉정하게 다그친다.

"양반이란 타고나는 거야. 어디 감히 상민 출신 따위가…."

무시무시한 설화 아닌가. 뼈를 깎는 노력으로도 원죄는 씻을 수 없다는, 뼈를 때리는 훈령이다.

명치가 서늘해진다. 그래도 난 청주보다는 탁주파다. 전주이씨 족보는 정녕 엽전을 모아 사 온 것이었던가.

인도에 이런 샘이 있었으면 큰일 날 뻔했다. 브라만, 크샤트리아, 바이샤, 수드라, 그리고 계급 외 불가촉천민인 찬달라까지 있는 바라나시 한구석의 술샘에선, 도대체 어떤 식으로 차별화된 술이 흘러나와야 한단 말인가. 술은 섞어야 제맛이란 말은 현대의 술샘이 반드시 새겨야 할 덕목이다. 각성하라 주천이여.

영월을 '젊은 달Young 月'로 새콤하게 해석한 '젊은달와이파크'는 지역의 새로운 명물이 되었다. 역사가 녹아든 자연의 공간을 제외하고, 사람이 만들어놓은 영월의 명소를 꼽자면, 과거 KBS영월방송국이었던 '라디오스타 박물관'과 더불어 이곳을 빼놓기는 어렵다.

젊은달와이파크는 주천면이 마을의 정체성을 알리고자 건

젊은달와이파크, 출입구에 설치된 최옥영의 설치 작품 〈붉은 대나무〉.

립한 재생 공간형 설치미술관이다. 2019년 공간디자이너 최옥영의 기획으로, 기존의 술샘박물관을 미술관 내부에 그대로 보존한 채 환상적인 공간이 덧대어졌다. 주천朱泉인 듯 주천酒泉인 듯, 강렬한 붉은색의 설치 작품과 술의 고장임을 은근히 드러내는 전시관은, 영월의 달만큼이나 방문객을 유혹하기에 부족함이 없다.

술의 고장이라기보다 술맛이 날 수밖에 없는 터전, 강원도에 살면서 주천면에 대해 못내 아쉬운 것은 하나다. 이왕 술샘의 마을을 널리 알릴 작정이라면, 주인공은 이야기가 아니라 술이어야 하지 않을까. 스토리는 술을 추켜세워주는 배경이면 충분하다.

'술샘', 면의 이름부터 이미 한 잔 권하고 있으니, 마케팅에 얼마나 유리한가. 주천면에 가면 당연히 전국 각지의 술을 맛볼 수 있어야 한다. 술의 고장이라면 술이 먼저여야 하니까. 주천에서는 영월의 기운이 서린 술도가들의 명주가 당연히 주인공이 되어야 하지만, 대한민국 대표 술 마을로 거듭나기 위해서는 전국 각지의 내로라하는 술들을 맛볼 수 있어야 한다. 음미의 공간은 규모가 클 필요도 없다. 주천강을 내려다볼 수 있는 아담한 술 테마파크로 시작하면 되지 않을까.

『설국』의 고장이 그립다면 일본 니가타 현 에치고유자와越後湯 역에서 내려야 한다. 가와바타 야스나리가 그려낸 순백의 세계로 들어가기 위한 터널 격인 이 기차역 안에는 지역 명주名酒를 한자리에 모아둔 테마 공간 '폰슈칸'이 있다. 주당들 사이에서는 이미 성소가 된 이곳에는 술 자판기가 있다. 코인을 넣고 원하는 사케를 고르면 끝이다. 온갖 사케들의 인기 순위와 풍미까지 소개돼 있어 취향에 맞는 술을 탐색하는 과정마저 즐겁다. 니가타가 자랑하는 쌀로 빚은 고품질 사케는 모세혈관을 따라 전신으로 내달린다. 료칸으로 향하기 전부터 발그레 볼이 달아오를 테니, 설국을 바라보며 즐기는 온천욕은 이미 술로 풀린 몸뚱어리를 얼마나 더 녹여낼 것인가. 은근한 취기가 마을 서사의 일부가 되는 곳은 흔치 않다. 니가타 에치고유자와가 그렇고, 영월 주천도 그래야 할 것이다.

강원도와 니가타는 술을 마셔야 할 이유가 분명한 곳들이다. 우선 공통점은 눈의 고장이라는 것. 그래서 두 지역은 공히 동계올림픽을 치렀다. 니가타가 지역에서 난 쌀로 사케를 빚어왔다면, 강원도 술은 재료부터 훨씬 다채롭다. 쌀은 물론이고 옥수수, 메밀에다 산나물도 쓴다. 곰취 막걸리, 심지어 곤드레 막걸리까지 위풍당당하게 군집을 이룬다.

술샘박물관에서 강원도 술의 종류와 제조 과정을 텍스트로 읽는 것도 물론 의미 있지만, 술에 관해서만큼은 '백독이불여일음百讀而不如一飮'이다. 이 술 저 술 마셔볼 수 있어야 진정한 술의 고장이라 부를 수 있지 않을까. 영월의 산하와 어우러지는 대한민국 대표 전통주 테마파크! 들큼한 모의를 이제 진지하게 작당해볼 시간이다.

다리는 이쪽과 저쪽을 잇는다. 이승과 저승을 연결하고, 기지와 미지의 세계를 엮는다. 익숙함과 낯섦의 경계선이기도 하다. 주천의 다리들은 절대적이지 않다. 장마철이면 쓸려 내려가거나 장마철을 앞두고 해체되어야 한다. 매년 되풀이되는 운명이다.

현대의 모든 다리들은 영원을 담보하듯 굳건하게 놓여 있다. 더 이상 이쪽의 나는 저쪽의 네가 궁금하지 않다. 다리 건너의 피안은 하나하나 예측이 가능하다. 강물은 불가항력적인 장애물이 아니다. 콘크리트 기둥을 강바닥에 박아버리면 그만이니까. 섶다리는 다르다. 이 세상과 저 세상의 연결에는 맺고 끊을 때가 있다. 하류로 굽이치는 강물은 이무기와도 같다. 그 힘과 기운을 주체할 수 없을 때는 그저 놔두는 것이 상책이다. 승천하지 못한 분풀이를 우리에게 돌릴지도 모를 일이다. 겨울잠을 앞두고서야 섶 이불을 덮어줄 수 있을 뿐이다.

주천에는, 덧없는 다리가 있고, 흐르는 술이 있다.

현대판 묵객들이여, 술샘의 다리 위가 아니라면 어디에서 풍류를 논할 것인가.

여기는 강원도 영월 주천이다.

PART 3
아픔은 그 자리에

진격의
거탑

배꼽이 동그스름해졌다. 넉넉해 보이겠지 뭐. 무심한 척해도 각을 잃어가는 몸이 원망스럽다. 어쩔 수 없는 나잇살이지만 툭 튀어나온 배는 합당한 이유를 끄집어내게 한다. 무절제. 게으름. 사실 그 정도까진 아닌데.

서글프기 짝이 없다. 이래선 안 되겠다 싶다. 봄날의 강력한 황사가 어제 극강의 기세를 떨쳤지만, 오늘은 그나마 덜하다고 한다. 일요일인 내일은 모래 섞인 비가 내릴 거라는 예보. 그렇다면 오늘 나가야 한다.

영동고속도로를 달려 횡성으로 간다. 명품 한우의 고장으로만 기억되기에는 억울한 곳이다. 횡성의 매력은 한량이 없다.

뼛속 시린 겨울을 나고, 녹색의 계절을 맞기 전 반드시 거쳐야 하는 황색 시간의 움츠림. 본디 색을 사진에 담아내기 어려워 늘 아쉽고 또 아쉽지만, 이것 또한 강원도의 본질일 것이다.

횡성호수길을 걸으며 답답한 것들을 모조리 수장시켜야겠다. 곡면을 이룬 뱃살과 원형의 배꼽과도 작별을 고할 것이다. 가장 완벽한 도형이 원이라지만, 신체 부위에 한해서 원형은 곧 죄악이다.

호수 따라 걷는 길

횡성군 갑천면에 있는 횡성호는 횡성댐이 만들어지며 조성된 인공 호수다. 다도해의 해안선이 꾸불거려 매혹적이듯, 호수와 맞닿은 호수 길 역시 굽이치며 이어져 풍경의 변화도 다채롭다. 시선의 방향이 동서남북으로 사정없이 요동친다.

오전 10시가 되기 전이라 한산하다. 낮은 구름이 회색 하늘 아래로 스며들어, 자연이 만들어낼 수 있는 가장 차분한 표정을 연출한다. 멜랑콜리한 하늘은 호수 위에도 하나 더 얹혀 있다. 멀리 보이는 산맥의 갈색 실루엣은 3월인 지금이 봄인지 가을인지 헷갈리게 한다.

호평 일색인 횡성호수길 5구간을 택해 발자국을 남긴다. 총 여섯 개 코스 가운데 서울의 지하철 2호선처럼 유일하게 출

횡성호.

발점으로 되돌아오는 구간이다. 적적한 분위기 탓인지, 바투 다가가 호수를 응시하게 되는 지점이 곳곳에 나타난다. 수몰돼 가라앉아 있는 것들의 속내가 그 아래 깔려 있는 것인가. 관통할 수 없는 외로움이 수면에 얇게 코팅돼 있는 듯하다.

멈춰 서는 지점이 자꾸 늘어나니 운동 효과는 떨어지기 마련이다. 매몰차게 돌아서야겠다. 다시 발걸음이 빨라진다.

호수는 거울이 되어 바깥의 모든 회색을 수면에 그대로 투영한다. 맑은 날이었다면 마음이 반짝였겠으나 오늘은 꿈속으로 미끄러져 들어온 듯하다. 물속에 잠긴 나무와 벤치는 수면에서부터 거꾸로 자라나 현실감을 흐리게 한다. 몽환은 호수의 또 다른 이름이다. 몰아치고 또 물러나는 파도의 진퇴가 없어 상념은 기승전결 없이 안락한 직선이 된다. 벼락같은 깨달음을 원한다면 이곳은 어울리지 않는다. 대신 요철로 울퉁불퉁해진 내면을 다림질하고 싶을 때, 횡성호수길은 분명한 효험을 제공할 것이다.

꿈속을 물처럼 흘러가듯 재촉한 걸음은 미끄러지듯 나아갔고, 어느새 5구간을 완주해 출발점으로 되돌아왔다. 높이 솟아 완강한 횡성의 품속에서 무엇이든 받아주는 호수는 조개 속 진주처럼 영롱하게 빛난다.

차에 올라 송글하게 맺힌 이마의 땀을 훔치고 심호흡을 한다. 이제 거인들을 만나러 가야 하니 긴장을 누그러뜨릴 필요가 있다. 일찍 길을 나선 덕에 호수 길 주파는 물론이고 굴곡진

횡성호수길 5구간에서 바라본 봄날의 호수.

강원의 산간마을을 탐색할 수 있게 됐다. 좀 더 살을 뺄 수 있겠다. 차로 15분 만에 횡성군 청일면 행정복지센터에 도착했다.

거탑의 습격

횡성군에서 가장 먼저, 그리고 가장 용감하게 비상대책위원회를 꾸려 철탑에 맞서겠다고 선언한 곳이 청일면이다. 산으로 둘러싸인 아담한 마을은 어찌나 사랑스럽던지. 아름다운 청일면의 더 사랑스러운 주민들은 수년 전부터 행정복지센터의 외벽에 송전 선로 건설 반대 현수막을 내걸고, 거탑의 위압에 정면으로 맞섰다.

필요한 곳에 전기를 보내려면 송전 선로가 있어야 한다. 선로는 지중화되지 않는 이상 송전탑에 꿰여 수요처로 전기를 공급한다. 전기를 써야 먹고, 마시고, 놀고, 생산하고, 판매할 수 있다. 그렇다면 송전탑과 송전 선로는 일종의 필요악이 아니던가. 도대체 뭐가 문제일까. 각자의 주장을 듣기 전에 이 마을을 지나고 있거나 앞으로 지나게 될지도 모를 '전기 고속도로'의 정체부터 정리할 필요가 있다.

발전소에서 생산된 전기를 우리나라 구석구석으로 보내는 송전 선로들은 복잡하게 얽혀 있다. 한눈에 보이지 않을 뿐 국토 곳곳에는 이 선로들이 촘촘히 이어져 있다. 결코 바람직하다고만 할 수 없는 선들의 연결이다.

소비자가 쓰는 전기는 발전과 변전을 거친다. 발전소들은 비교적 고르게 분포돼 있지만, 대규모 발전 용량을 가진 발전소들은 강원에서 경남으로 이어지는 동해안과 전남, 그리고 당진을 중심으로 한 충남 지역에 집중돼 있다. 이들 거대 발전소에서 생산된 전기는 송전선을 따라 주로 동에서 서로, 남에서 북으로 흘러간다. 변전소는 발전소에서 막 나온 활어 같은 고전압 직류를 각 가정과 공장에서 쓸 수 있는 적절한 전압과 전류로 가공해 나누어주는 곳이다. 발전소가 활어 판매장이라면 변전소는 회를 떠주는 곳에 가깝다.

강원도 횡성과 평창, 그리고 홍천 주민들의 반발을 사고 있는 노선은 동해안에서 신가평으로 이어지는 사선 구간이다. 경북 울진의 신한울 원전 1, 2호기에서 생산된 전력과 강릉, 삼척의 거대 화력 발전소에서 생산된 전력을 수도권으로 보내기 위한 정부의 핵심 송전 선로이자 765kv급 초고압 직류가 흐르는 전기의 아우토반이다. 울진에서 신가평 변전소까지 230킬로미터 구간에는 거대한 철탑 440여 기가 세워질 예정이다. 송전선이 지나갈 예정인 경과지 주민들과의 합의도 진통 끝에 점차 마무리되고 있다고 한다. 우리 국민들을 먹여 살리는 수도권에 전원을 추가로 공급해주기 위한 과정이라는 거다.

수도권은 대한민국의 핵심 소비지이기에 필요하다면 전력을 더 공급해야 한다는 주장 자체가 잘못됐다는 건 아니다. 문제는 방식이다. 지금까지의 원거리 전력 공급은 지나치게 많은 희생을 전제로 해왔다. 방향을 바꿔야 할 시점이 분명한데, 그 출발선에 서려는 주체는 보이지 않는다. 수력, 풍력 같은 에너지의 발전 형태는 본질이 아니다. 아무리 깨끗하게 생산한 전기라도 서울로 보내기 위해서는 송전탑을 세워 선로를 이어야 하기 때문이다. 에너지의 종류와 관계없이 생산지와 주요 소비지 사이의 거리 자체가 문제라는 뜻이다.

또 하나의 심각한 축은 경과지 주민들의 입장이다. 철탑과 송전 선로가 지나는 곳에 사는 사람들에게 고압 전류는 단순히 불편을 넘어 생사의 문제다. 송전탑 인근 마을에서 암 발생 사례가 집단적으로 보고된 경우가 적지 않다. 강력한 전자파 외에 다른 원인으로는 설명하기 어려운 사례들이 수없이 축적돼 있다. 철탑 설치 전과 후, 발병 시점이 극명하게 대비된 증거는 차고 넘친다. 어느 누가 국가 발전을 위해 그들에게 희생을 요구할 수 있을까. "우리 동네에 철탑이 서지 않게 해주세요" 하는 외침을 님비라고 비난할 수 없는 이유다.

경과지와 선하지(고압선 아래의 토지)에 사는 주민들은 날이 궂을수록 전자파의 소음을 하소연한다. 습도가 높은 날이면 황소개구리의 울음소리와 맞먹는 송전 소음이 밤낮없이 이어진다. 심지어 창문이 흔들릴 정도의 진동까지 동반한다고 하니, 그 강도는 상상을 뛰어넘는다.

시디신 레몬을 한 입 베어 문 것처럼 몸서리가 쳐진다. 머

횡성과 평창 일대의 송전탑.

리털이 쭈뼛쭈뼛 선다. 사진 속에서조차 전자파가 방출되는 것 같다. 누워서 떡 먹기보다 십만 배는 수월한 일이 시골에서 송전탑 사진을 찍는 것이다. 전국의 농촌과 산촌 어디를 가든 고개만 돌리면 볼 수 있다. 거리의 차이만 있을 뿐, 누에가 실을 뽑아내듯 색색의 송전탑들이 전선을 잇고 있는 장면이 펼쳐진다. 특히 횡성에서 평창으로 국도를 따라 달려가다 보면, 안 그래도 익숙한 송전탑들이 어느새 '진격의 거인' 무리가 되어 나를 따라온다. 차창 밖으로 이어지는 그 모습은 애니메이션의 연속된 프레임처럼 반복된다. 강원 남부를 어슷썰듯 가르며, 신가평 변전소로 내달리는 전기의 칼날. 이 노선을 추적하기에 이보다 생생한 곳이 또 있을까.

백발의 전사들

희망은 있다. 진 싸움이지만 선례가 있기 때문이다. 그 선례를 들추어내는 일은 덧난 상처를 또 한 번 드러내는 일이라 송구하기 이를 데 없지만, 밀양의 어르신들을 언급하지 않을 수는 없다.

시간을 20여 년 전으로 돌려보자. 울진에서 생산한 전기를 수도권으로 보내기 위해 한전은 신고리~북경남 송전 선로 건설 사업에 착수했다. 밀양의 논과 밭 한가운데에 765kv 초고압 송전탑이 들어선다는 사실을 마을의 노인들은 쉽게 납득할 수 없었다. 그럼에도 이들은 먼저 정부와 한전이 대화로 다가오기를 기다렸다. 나랏일이라면 따라야 한다고 믿어온 선량한 어르신들이었다. 그들이 원한 것은 단 하나였다. 강력한 전자파가 치명적이라는데 안전을 보장받기 위해서는 어떻게 할 것인지, 망가질 마을의 모습은 무엇으로 보상받을 수 있는지에 대한 진지한 설명이었다. 그러나 돌아온 것은 "보상금을 더 받아내려고 저런다"는 속 모르는 증오의 시선이었다. 내 땅과 내 건강의 손해보다 정작 더 참기 힘들었던 것은 정부와 한전이 자행한 노골적인 마을 갈라치기였다.

사유지에 송전 시설을 세우기 위해서는 주민과의 합의가 필수였다. 문제는 합의 과정의 비겁함이었다. 경남이나 강원이나 판박이였다. 설치가 시급했던 자들은 해당 마을에서 송전탑과 송전선으로 인한 피해가 가장 적을 것으로 보이는 주민들부터 먼저 찾아가 합의서를 받아냈다. 그렇게 100명 중 90명의 서명을 받아낸 뒤 합의가 가장 까다로워 보이는 선하지와 경과지 주민들을 압박했다.

"다들 동의했는데, 할머니 때문에 국가 사업이 멈출 판입니다."

그나마 내용을 제대로 알려주고 서명을 받은 경우는 극히 드물었다. "나랏일에 찬성한다는 글이니 그냥 여기에 서명하시면 돼요"라는 말로 동의를 받아낸 경우도 다반사였다. 더 경악

스러운 것은 공공연한 매수였다. 합의서에 일찍 서명할수록 보상금을 더 챙겨주겠다는 식이었다.

"하루라도 늦게 서명하면 옆집보다 덜 받게 돼요. 서두르세요, 할아버지."

발전 자본주의의 비정함이 평화로운 농촌을 갈기갈기 찢어놓았다.

처음부터 승산이 없었던 싸움은 결국 승산이 없었다. 밀양시 부북면·상동면·산외면·단장면의 어르신들은 '전사'가 되었다. 그냥 이대로 살게 해달라고 말했을 뿐인데 자신도 모르는 새 데모나 일삼는 노망 난 할배와 할매가 되어 있었다. 함께 모여 "이대로는 못 살겠다"라고 외치면 진압대가 들이닥쳤고, 용역이나 경찰과의 몸싸움은 일상이 되었다. 결국 이치우, 유한숙 어르신은 사무치는 억울함에 스스로 목숨을 끊었다. 목숨까지 바친 항의에도 불구하고 거대한 철탑은 세워졌고, 마을은 찬성과 반대 주민들로 싹둑 갈라져버렸다.

그러나 이 싸움을 실패로만 규정할 수 없다. 십 년 싸움의 패배는 밀양 어르신들을 어느덧 민주 시민의 워너비로 만들었다. 정당한 요구에 힘을 보태려 전국의 뜻있는 사람들이 밀양을 찾아 연대했고, 이제는 밀양의 할배 할매들이 전국을 돌며 같은 처지에 놓인 마을 주민들을 찾아간다.

강원도 횡성과 평창, 홍천의 신가평 송전 선로 경과지는 이들 '밀양 탈송전탑 원정대'의 필수 답사 코스가 되었다. 이미 거대한 송전탑들이 산속에 묻혀 경관이 훼손된 곳들이다. 생채기가 난 곳에 더 큰 철탑을 세우려 하는데, 어떻게 보고만 있을 것인가. 횡성군 공근면과 청일면, 평창군 봉평면을 찾은 밀양 원정대는 다시 기나긴 싸움을 앞둔 주민들과 연대를 약속했고, 몸소 겪은 투쟁의 노하우를 전수했다.

거짓에 승복하지 않는다. 금전의 유혹에도 흔들리지 않는다. 옳은 일에는 분연히 일어난다. 도움이 필요한 곳에는 손길을 내민다. 이들은 그렇게, 정의의 가르침을 몸으로 가르쳤다. 그래서 희망은 있다.

이대로는 못 살겠다는 각오와 밀양 할배 할매들의 선례는 제2, 제3의 탈송전탑 특공대를 탄생시켰다. 홍천군 송전탑반대대책위원회는 애초 밀실에서 진행된 입지선정위원회 결정의 무효를 촉구하며 뜻을 모았다. 경과 지역 선정에서 실질적인 합의 과정이 부재했다는 문제의식에서였다. 전국 지자체 중 가장 많은 8기의 765kv 송전탑이 이미 꽂혀 있는 횡성군에서도 반대의 목소리가 커졌다. 횡성군 송전탑반대대책위는 한전이 산사태 위험 가능성이 가장 높은 지역을 추가 경과지로 선정한 것에 대해 지극히 정당한 문제 제기를 시작했다. 평창군 역시 가만히 있지 않았다. 〈뉴스타파〉 보도로 공개된 한전의 내부 문건이 기름을 부었다. "지역 주민의 인식을 '먼저 합의하면 피해에서 이익'으로 개선함으로써 (중략) 우선 합의된 마을에 대한 인센티브 지급"이라는 대목이었다. 주민 갈라치기를 전략으로 삼은 이 문구에 평창은 분개해 떨쳐 일어났다.

이대로 좋을까

고압의 전류를 보내는 송전탑일수록 지상에서 더 높게 설치한다. 전자파 피해를 최소화하기 위해서다. 우리 국토에는 154kv, 345kv, 그리고 765kv급 송전탑이 서 있는데, 154kv급은 33미터, 345kv급은 50미터, 그리고 765kv급은 무려 100미터에 육박한다. 철탑 바로 아래에서는 형광등을 들고만 있어도 불이 들어온다고 한다. 정부의 계획대로라면 신가평 송전 선로 구간에 440여 기의 거대한 철탑이 우뚝 설 것이다. 그만큼 강원도 전역에서 형광등 실험을 해볼 수 있는 '환경'이 늘어나는 셈이다. 웃어넘길 일이 아니다. 까마득히 솟아오른 철탑들은 전력 만능 사회가 스스로를 축하하기 위해 준비한 케이크 위의 초들처럼 서 있다.

그렇다면 대안은 무엇일까.

그 답은 나나 경과지 주민들이 생각해낼 것이 아니다. 에너지 발전과 수급 계획을 세우는 정부의 몫이다. 그럼에도 서툰 조언 하나쯤은 보태고 싶다. 이미 국회를 통과한 특별법을 진지하게 궁리해 달라는 것이다. 바로 '분산에너지 활성화 특별법'이다. 핵심은 말 그대로 '분산'이다. 전기가 필요한 곳에 발전소

거대한 화력 발전소가 있는 강릉 안인진리 마을.

를 두는 미래의 청사진이다. 물론 여기서 말하는 분산하는 발전소는 거대한 화로가 펄펄 끓는 재래식 발전소가 아닐 것이다. 인구가 밀집한 도심에 그런 시설이 들어설 수도 없고 들어서서도 안 된다. 대안은 에너지 업계에서 화두가 되고 있는 '연료전지'를 이용한 구역 단위 소규모 발전소의 건립이다. 전기를 생산하고 저장하면서도 연료를 태우지 않는 연료전지 발전은 기술적으로 시간문제일 뿐이다. 남은 것은 정부의 의지, 그리고 그 방향에 대한 국민의 동의일 것이다.

거미줄처럼 강원도를 꿰고 있는 송전선을 추적하자니 도보로는 턱도 없다. 산등성이를 가로지르는 송전 선로를 따라 차를 몰다 보면 어느새 엉덩이가 뜨거워진다. 스파이더맨이 되어 전선과 전선으로 날아다닐 수 있다면 얼마나 효율적일까. 발견하기 어려웠으면 좋았을 거인들은 너무나도 쉽게 시야에 들어온다. 진격의 거인도, 진격의 거탑도 사람들에게는 목숨을 요구하는 공포의 대상일 뿐이다.

횡성호수를 걸었으니 칼로리 소모량이 흡족할 줄 알았다. 웬걸, 망한 것 같다. 송전 선로의 산맥을 따라 오후 내내 운전만 했기 때문이다. 아랫배가 묵직해지고 배꼽이 더 동그래졌다. 거의 완벽한 원이다.

거인들 때문이다. 가만 놔두지 않을 것이다.

태백, 하늘 아래
검정은 빛으로 1

'그저 그런'은 이럴 때 딱 들어맞는 수식어다.

그저 그런.

나는 그저 그런 KBS 아나운서다.

특별히 목소리가 좋은 것도 아니고, 외모 역시 자랑스럽지 못하다. 그렇다고 이제 와서 나를 합격시킨 면접관을 탓할 생각은 없다. 외환 위기가 임박했음에도 미처 눈치채지 못한 채 세상이 아직은 괜찮다고 착각했던 시절이었고, 그 덕에 공채의 문도 넉넉하게 열려 있었기 때문이다. 취업 운 하나만큼은 기가막히게 좋았다. 그렇다고 자기 비하할 생각은 없다. 모자란 것투성이지만 특정 장르의 방송만큼은 누구에게든 고분고분 고개 숙이기 싫으니까. 다만 시간이 갈수록 따라잡기 벅찬 방송 환경과 점점 덜 자랑스러워진 외모는 부담이 된다. 갱생이든 혹은 정년퇴직의 발 빠른 도래이든 둘 중 하나만이 해결책이 될 듯하다.

신입 사원의 첫 발령지는 지금은 없어진 KBS 태백방송국이었다. 이름은 들어봤어도 가보지는 못했던 곳, 태백. 아나운서가 된 게 어디냐 싶어 강원의 깊은 산골이어도 상관없었다. 아랫동네에서 산 과자 봉지가 어느새 빵빵하게 부풀어버리는 해발 700미터의 감춰진 마을. 나는 일 년 반 동안 핏덩이 아나운서로서 하늘 아래 가장 순수한 고장의 품에서 꿈을 꾸었다.

귀향

고향을 찾을 때면 연어의 뇌가 이식된 기분이 든다. 몸이 태어난 물리적 고향이 아닌데도 나는 결국 그곳으로 향한다. 의자를 딛고 올라서서도 뒤꿈치를 들어야 간신히 손에 닿던 장롱 위 은밀한 보물상자, 그곳이 곧 하늘 아래 첫 동네였다. 태양과 가까워 지극히 희고 밝았던 '太白'으로 다시 거슬러 오른다.

발전이 더디거나 쇠락하고 있는 도시에서 느낄 수 있는 유일한 위안은 예전의 날것들을 비교적 쉽게 소환할 수 있다는

태백으로 가는 38번 국도에서 바라본 풍경.

것. 도로와 건물의 모습이 수십 년 전과 달라진 것이 거의 없다. 신입 시절 매일같이 걷던 길도 그대로다. 한때 인구 10만 명을 넘겼던 도시가 이제는 4만 명도 채 되지 않는 형편이니, 황지동의 번화가가 여전히 존재한다는 것만으로도 고맙게 느껴진다.

옛 방송국 터에는 고층 아파트 단지가 들어섰다. 이 시국에 분양은 잘 됐을까…. 괜한 오지랖이 고개를 든다.

검은 황금, 석탄의 채굴 붐으로 각지에서 사람들이 자석에 철가루 달라붙듯 모여들었다. 그 결과 삼척군의 읍이던 황지와 장성이 합쳐져 1981년 태백시로 승격되었다. 당시 인구는 11만 4천여 명. 지금의 네 배에 달했으니 석탄 산업의 파급력이 어느 정도였는지 짐작하기 어렵지 않다.

전 세계의 에너지원은 각 시대가 허락한 기술 수준 안에서 선택될 수밖에 없다. 오염과 폐해를 불러오는 원흉이라거나 검댕이 묻어 나오는 구시대의 자원이라며 석탄을 폄훼해서는 안 되는 이유다. 석유라고 해서 본질적으로 다를 것도 없다. 액체로 바뀐 석탄일 뿐이니까.

최초의 산업적 광산 개발은 영국에서 시작되었다. 산업혁명의 원동력이었던 만큼 생산은 말 그대로 '혁명적'이었다. 광산의 소유주와 노동자 사이의 갈등과 투쟁이라는 아픈 역사도 있었지만, 우리나라의 석탄 생산 역사는 그보다 훨씬 어둡고 처절했다. 발단은 일제의 자원 수탈이었다. 우리의 광부들은 그 야욕의 결과로 폐를 검댕으로 채워야 했다. 일본이 아니었으면 석탄이라는 자원을 개발하지 못했을 것이라는 무지한 주장에는 빙긋이 웃어넘길 뿐이다. 대한제국 시절, 이미 강원도 삼척과 정선, 경상도 경주와 울산, 함경도 영흥과 길주 등을 광산 개발의 적지로 점찍었다는 기록이 1905년 1월 23일자 〈황성신문〉의 보도에 등장한다. 그 외에도 우리의 국토 자원을 스스로 개발하려는 의지는 분명히 존재했음을 알 수 있는 증거들은 차고 넘친다. 그 말은 곧 일본이 아니었더라도 탄광은 어차피 우리 손으로 개발되었을 것이라는 뜻이다. 석탄의 귀중함도 모른 채 넋 놓고 앉아 지켜볼 우리가 아니었다.

그럼에도 을사늑약 이후 이어진 일제의 착취와 수탈은 씻을 수 없는 비극이다. 자원을 강탈당한 비극보다 더 참혹한 것은 수탈자의 논리와 언어가 수탈당한 자의 뇌리에 이식되었다는 점이다. 함마(망치), 노미(정), 노보리(경사진 상승 갱도) 같은, 단순히 탄광에서 사용된 일본어 용어들의 문제는 아니다. 진정한 비극은 광부를 일컫는 '산업 전사'라는 무시무시한 호칭에 있다. '일꾼'도 아닌 무려 산업 '전사戰士'라니. 일터를 전쟁터로 만들고, 죽을 각오로 임하지 않으면 너희가 죽는다는 명령이 아닌가.

산업 전사는 일본 제국주의가 태평양전쟁 당시 각 분야에 필요한 노동자를 동원하기 위해 만들어낸 용어다. 승전을 위해 거룩한 노동을 바쳐라! 군인은 물론 농부도 광부도, 심지어는 위안부도 전투를 치르듯 전사의 심장으로 분투하라는 선동이

태백시의 산업 전사 위령탑.

었다.

"광산, 공장에 생도 파견―산업 전사로서 근로 작업."
　　　　　　　　　　―〈매일신보〉 1944년 4월 16일자 기사 제목

　더 치가 떨리는 것은 해방 이후다. 쓰레기통에 처박았어야 할 '산업 전사'라는 호칭이 좀비처럼 살아남아 오히려 위세를 떨쳤다. 그리고 그 위세를 키운 것은 다름 아닌 우리 정부였다. '당신들은 일제가 시켜서 하던 그대로, 아니, 나라가 발전해야 하니 지금보다 더 뼈 빠지게 일하면 된다'는 식이었다. 전쟁은 끝났지만, 우리 산업의 역사는 '노동자'가 아닌 '전사'들의 역사였다. 지금의 나는 집필 전사이고 당신은 독서 전사이다. 목숨을 바쳐 썼으니, 목숨을 걸고 읽어주시라.
　동해에서 태백 시내로 들어오는 초입에 서 있는 '산업 전사 위령탑'은 탄광 사고와 작업의 후유증으로 숨진 영혼들의 정체성과 희생의 역사를 숨김없이 드러낸다.

몰락의 흔적들

　2024년 6월, 역사 속으로 사라진 석탄공사 산하 장성광업소를 폐광 직전에 찾았다. 인접한 장성동과 굴착으로 이어진 철

장성광업소 철암탄광의 갱도와 운반, 선탄 시설.

암동의 갱 입구와 선탄 시설을 둘러볼 수 있었다. 36년을 광부로 일했다는 해설사의 경력만큼이나 생생한 현장 안내가 세상 어디에 또 있을까. 그것은 시설 위주의 설명이 아니라 몸으로 겪어낸 광부들의 '이야기'였다.

견학이 이어질수록 운동화는 검어졌고, 눌러쓴 안전모는 이상하리만치 머리를 무겁게 짓눌렀다. 적당히 내리는 비는 땅에 닿자마자 검은 시냇물로 변해버렸다. 수십 년간의 채굴이 남긴 진폐증 탓에 해설사의 목소리는 고도가 높아질수록 더욱 걸걸해졌고, 문장과 문장 사이의 숨은 점점 벌어질 수밖에 없었다. 광부의 입장이 되어보려 하다가 이내 고개를 떨구었다. 공감은 누구에게나 허락되는 정서가 아니었다. 검은 뱀이 되어 흘러가는 빗물 속에 내가 섞여 있었다.

낙동의 원천이여

태백의 여름은 색다르다. 지구 온난화가 가속화되면서 열대야도 종종 나타난다지만, 아직까지는 충분히 상쾌하다고 할 수 있다. 동전의 반대쪽인 태백의 겨울은 계절의 지배종이다. 일 년의 거의 절반을 차지한다. 고지대답게 수은주는 급격히 떨어지지만 그 추위는 가차 없이 몰아붙이지 않는다. 얼어붙을 것 같은 공기조차 사납지 않고, 산골 도시에 내려앉는 눈은 두

꺼운 이불의 감성에 가깝다. 눈이 그치고 나면 하늘의 별들은 자동차 사이드미러의 원리와는 반대로, 실제보다 더 가까이 다가와 보인다.

겨울의 태백은 동화 속 순백의 나라와도 같다. 공기가 차가운 것도, 눈의 이불이 두꺼운 것도, 하늘의 별이 코앞인 것도…. 결국은 천상과 맞닿은 고장이기 때문이다. 하늘 아래 첫 동네는 태백이다.

태백 하면 황지 연못이다. 시내 어디를 구경할지, 무엇을 먹을지 모르겠다면 무조건 목적지는 황지 연못이다. 헤맬 필요가 없다. 깔끔하게 조성된 공원이 연못을 감싸고 있다. 하늘 아래 첫 동네, 선민들의 휴식처이자 방랑객들의 탐방처다. 표지석에 적혀 있듯 천3백 리 낙동강의 물길이 이곳 황지에서 솟아 생애를 시작한다. 1천2백만 경상도민들이여, 태백을 향해 뜨거운 박수를. 근원으로서의 태백은 여기서 끝이 아니다. 시내의 북서쪽 창죽동에는 한강의 발원지인 검룡소가 금대봉 자락에서 힘차게 물길을 쏟아내고 있다. 2천3백만 수도권 주민들이여, 태백에 정중한 목례를.

기나긴 설국의 터널에 들어선 1996년 초겨울, 입사한 지 넉달 남짓 된 신입 아나운서는 무해한 태백의 기운이 무척 마음에 들었던 모양이다. 퇴근하자마자 당골광장 쪽 드라이브에 나섰다. 청정한 공기를 품고 집으로 돌아와 샤워를 하고 TV를 켜

태백시 황지 연못.

는 순간 전화가 울렸다. "여보세요?" 하고 반응할 새도 없었다.

"나 좀 도와주라. 탄광 매몰 사고가 나서 가야 하는데, 조명을 들어줄 사람이 없어."

동기 기자의 절박한 외침이었다. 취재 기자와 촬영 기자가 한 명씩 나가 있었고, 어두운 갱도 속을 밝히려면 누군가 조명을 비추어야 하는 상황이었다. 부리나케 현관을 박차고 나와 장성광업소로 '출동'했다.

한 시간쯤 지났을까. 잠잠하던 갱도 입구 쪽에서 웅성대는 소리가 들렸다. 구조대가 매몰됐던 광부 한 명을 발견해 나오고 있다는 속보다. 부디 무사하기를 바라며 서둘러 조명을 켰다. 빛이 퍼지지 않도록 팔을 최대한 높이 치켜들었다. 구급대와 취재진이 뒤엉키며 불빛은 어지럽게 흔들렸다. 사람들이 어깨를 맞부딪치는 소리가 이렇게 크게 들렸던 적은 없었다. 무언가 보였다. 검은 동굴 속에서 흰색의 물체가 둥둥 떠 있었다. 들것을 덮은 하얀 천이었다. 덮인 것은 시신이었다.

검정 속 흰 무엇. 색의 극한 대비가 생과 사를 가르는 노골적인 경계가 된다. 이게 뭔가. 밝은 빛에 덮여 나왔다면 살아 있어야 하는 게 아닌가? 막장의 고통을 이렇게라도 벗어났으니, 이제는 영혼이라도 편히 쉬라는 뜻의 밝음인 것인가. 크게 밝은 태백에서 순진한 신입은 처음으로 고통의 검정을 맞닥뜨렸다. 온통 백색뿐인 아련한 겨울 왕국은 흑색 막장의 고통 위에 세워진 세상이었다. 태백이라는 이름의 아이러니다.

그래도 살아가야 한다. 검디검은 연탄으로 우리는 방구들을 따숩게 덥혀오지 않았던가. 아프고 괴로운 검정이 바탕에 깔려 있어도 발끝부터 밝게 물들이며 살아가면 될 것이다. 장차 그저 그런 아나운서가 될 신입은 그 순간 예감한다. 언젠가 연어가 되돌아가듯 검어 더 환한 이곳을 다시 거슬러 올라오게 되리라는 것을.

태백, 하늘 아래
검정은 빛으로 2

어슬렁거리기만 해도 좋을 태백의 거리다. 폐광 이후 쇠락은 뻔한 일이라고 여기저기서 냉소의 한마디를 던져도, 모든 것이 한꺼번에 사라지지는 않는다. 하늘 아래 첫 동네의 삶에서는 사회 초년병의 설렘만큼이나 색다른 미식도 커다란 즐거움이었다.

지금도 황지동을 걷다 보면 '쓸데없는 추가 비용 없이 실제 먹은 비용만 내는 곳'이라는 뜻의 '실비집'이 곳곳에 눈에 띈다. 저렴하고 실속 만점일 것 같은 간판의 인상과는 달리, 이곳의 전문 메뉴는 대부분 한우 갈빗살 구이다. 과연 실비집은 이름처럼 만만한 곳일까? 혀 위에서 살살 녹는 극상의 맛은 차치하더라도 질문의 정답은 그때는 맞고 지금은 틀리다고 해야겠다.

20여 년 전까지만 해도 태백 시장통의 실비집은 친구들이 놀러 와 한턱을 내도 큰 부담이 없는 곳이었다. 굳이 따져보자면 가격대가 조금 있는 삼겹살집 정도였을 것이다. 시간이 흘러 다시 찾은 실비집은 감탄과 아쉬움이 반씩이었다. 신선한 태백 한우의 풍미는 그대로지만 가격은 더 이상 만만치 않았다. 그럼에도 태백을 처음 찾은 관광객이라면 꼭 드셔보길 권하고 싶다. 당일 도축한 한우라도 들여온 날이면, 살이 떨리는 육회도 맛볼 수 있다. 직접 보았으니 떳떳하게 말할 수 있다. 날것이 지나치게 신선하면, 물고기도 소고기도 접시 위에서 파르르 떤다. 사실이다.

이곳에 정착하고 나서 가장 인상 깊었던 음식은 물닭갈비였다. '물에 잠긴 닭갈비라고?' 춘천의 절대 명물 닭갈비도 실은 갈비가 아닌 다리살이 주재료라 어리둥절했는데, 그 갈비 아닌 닭갈비가 심지어 국물에 둥둥 떠 있다니 왜 당황스럽지 않았을까. 냉이와 쑥갓을 듬뿍 넣고 끓여야 제대로 된 풍미가 배어 나온다는 물닭갈비다. 겨울 땅속의 기운을 모두 몸속에 응축해놓은 냉이를 냄비 위에 탑처럼 쌓으려면 11월부터 이듬해 3월 사이에 방문해야 한다.

25년이 훌쩍 지나 다시 둘러본 태백 시내에는 물닭갈비 간판이 제법 늘었다. 저마다 원조를 자처하니, 한 곳을 빼고는 몽땅 거짓말을 하고 있는 셈이다. 그래도 상관없다. 같은 지역 안

태백의 물닭갈비.

에서 하나의 독특한 메뉴를 둘러싸고 벌어지는 모방과 경쟁은 오히려 맛의 수준을 덩달아 끌어올리곤 하니까. 지역의 요식업계도 선택과 집중이 최선이다. 매콤한 태백의 물닭갈비는 더 나은 맛을 목표로 고안해낸 팔자 좋은 메뉴가 아니다. 먹을 것이 부족했던 시절, 배고픈 광부들을 위해 적은 양의 닭고기에 비교적 풍족했던 산나물을 탑처럼 쌓은 뒤 물을 부어 양을 늘리다 보니 그야말로 얻어걸린 메뉴다. 덕분에 닭의 육질과 알싸한 국물을 동시에 즐길 수 있게 되었다. 꽁보리밥이나 수제비처럼 어쩔 수 없이 먹던 음식이 담백한 건강 메뉴가 된 것과 마찬가지다.

광부들의 폐에 묻은 검댕을 깨끗이 씻어내준다는 기름진 삼겹살은 말해 무엇할까. 황지동 거리에 지금도 성업 중인 실비집과 물닭갈비집, 삼겹살집들은 고원 탄광 도시의 음식 문화를 여전히 이어가고 있다.

고통의 검정

적어도 시민들이 옹기종기 모여 사는 도심부만 놓고 보자면, 태백은 높은 산들에 둘러싸인 분지의 형상이다. 그 분지 자체도 해발 700미터 가까이 솟아 있으니 천연 요새와도 같고, 둘러친 태백의 산세는 더없이 든든하다. 이곳은 들뜬 순례자에게는 아늑한 둥지가 되어주지만, 침잠한 구도자에게는 내륙의 절해고도가 되어버린다. 고원의 질박함에 아무것도 기여한 게 없다 보니, 나는 구도자가 될 일도 없다. 그저 이 작은 도시의 청량함을 흥얼거리며 만끽할 뿐이다. 검은 채굴의 역사는 '광업'이라는 큰 틀에서 보면 될 일이고, 사라진 일자리와 주저앉고 있는 지역 경기는 국가가 챙겨주면 될 일이다. 어느 지역이건 어떤 산업이건 흥망성쇠가 없었으랴. 힘들면 다시 힘을 내면 되겠지. 자, 태백시여, 보기 좋게 일어서자!

하지만 이 말은 말뿐인 한가함이고 무지이다. 힘내서 될 게 있고 안 될 게 있다.

태백 근무 시절, 유난히 친하게 지냈던 태백 토박이 후배가 있었다. 서너 살의 적당한 나이 차에 먹고 마시고 즐기는 취향도 엇비슷해 매일같이 붙어 다녔다. 이따금 집으로 초대받아 밥도 얻어먹었으니, 일터에서 만난 관계치고는 각별했다. 다투어 끼니를 챙겨주던 후배의 친누님과 형수는 당시 마흔을 넘겼고, 푸근한 미소의 어머님은 일흔을 바라보고 계셨다. 늦둥이라 귀하게 자랐다는 후배의 말이 빈말이 아니었음을 깨달았다. 한때 탄광에서 날아다녔다는 후배의 형님은 일 년이 넘도록 뵐 수 없었다. 따로 사시는 걸까?

마침내 형님을 보게 된 건 역시 밥 한 끼 염치 불고하고 얻어먹던 어느 저녁이었다. 그동안 한 번도 열리지 않던 구석의

갱도차에 올라앉은 강원도 탄광 지대의 광부들, 1976년 7월 12일.

(자료 출처: 탄광지역발전센터)

방문이 활짝 열려 있었고, 산소호흡기를 단 채 눈인사를 건네
는 형님이 그 안에 누워 계셨다.

그랬었구나.

폐부를 채운 검댕이 지옥처럼 호흡을 옭아매는 저주, 극심
한 진폐의 피해자가 거기 있었다. 진폐 전문병원과 집을 오가
며, 숨 가쁜 막장의 삶을 막장 밖에서도 여전히 이어가고 있는
검댕의 피해자가. 그제야 알 수 있었다. 병원에 계셨거나, 집에
계셨어도 늘 닫힌 방 안에서 가는 숨으로 연명하고 있었을 터
라 인사를 드릴 수 없었던 것이다. 한때는 웃음으로 배웅받으
며 씩씩하게 탄광으로 출근했을 가장이, 이제는 한 움큼의 숨
이라도 간절하게 넘기려 애쓰는 아이처럼 힘없이 누워 있었다.

산업 전사가 되라는 권유를 기꺼이 받아들여 암흑의 투사
가 되었던 광부들은, 시대가 바뀌었다는 나라의 선언과 함께
모서리로 내던져졌다. 궁한 사람은 결국 싸울 수밖에 없다. 결
코 만족스럽지 않은 현재의 재해자 권익 보호 장치조차 진폐
재해자들 스스로 투쟁해서 얻어낸 결과다. 절절 끓는 목소리로
피해 구제를 호소하던 광부들이 없었다면 '진폐법'과 그에 따
른 보상과 요양책도 나올 리 만무했다. 갱도 붕괴 사고로 유명
을 달리한 헤아릴 수 없이 많은 광부들은 이런 호소의 기회조
차 갖지 못했다.

그들은 별명 부자였다. 두더지, 생쥐, 검은 노예, 흑인… 땅
속으로 파고 들어가는 굴진 작업으로 녹초가 되어버린 오후,

허리도 펴지 못하는 어둠 속에서 흐르는 땀은 실개천이 된다. 랜턴을 비춰가며 허겁지겁 도시락을 꺼낸다. 탄가루는 마치 김 가루처럼 흰 밥 위로 사뿐히 내려앉는다. 궁색한 반찬을 털어 넣어 몇 차례 쓱싹 비빈 뒤 목구멍으로 넘긴다. 저작 운동은 사치다. 기도를 따라 흡입된 검댕이 이번엔 식도를 따라 한데 뭉쳐 넘어간다. 광부의 몸속은 온통 검정이다.

극복의 검정

대한민국 경제의 엔진이었던 품 안의 탄광이 하나둘씩 스러져가면서, 태백은 의지할 곳 없는 독거노인이 될 위험에 놓였다. 그것도 폐에 가득 쌓인 먼지 탓에 한숨조차 마음껏 내쉴 수 없는 노인의 형상이다. 그렇다고 반전의 기회가 아주 없지는 않다. 자치단체와 주민들의 아이디어로 재활에 성공한 사례들이 이미 적지 않기 때문이다.

그 사례들의 공통점은 갱구를 포함한 광산을 막거나 수장시켜 과거를 없애버리지 않았다는 것이다. 과거의 유산은 보존하되 방치하지 않았고, 기억은 남기되 박제로 두지 않았다. 국가의 자산이었던 광산이 여전히 숨 쉬고 있음을 드러내기 위해 탐방객의 시선에서 동선을 고치고 시설을 개선했다. 한때 시대의 가장 어두운 자리로 밀려났던 광부들을 다시 빛 아래로 불러내어, 우리가 그들의 뒤를 잇는 존재임을 자연스레 자각하게 한다. 물론 탄전 시설의 탈바꿈으로 모든 것이 해결되지는 않는다. 남아 있는 원주민들과 함께 쇠락을 재생으로 바꾸기 위해 새로 유입될 이주민들 모두는 어떤 방식의 도시 재생을 채택하든 태백이라는 장소의 정체성을 그 속에 녹여내야 할 것이다. 다행스럽게도 그 출발점이 될 유산들이 아직 곳곳에 남아 있다. 검정의 묵은 때가 벗겨나갈 태백의 내일을 기대해본다.

KBS 태백방송국의 몇 안 되는 방송부 식구들이 모인 연말 회식 자리였을 것이다. 그즈음의 태백은 으레 눈으로 뒤덮인다. 시내는 말할 것도 없이 백색의 향연이었다. 청정 고원 도시에 눈이 제대로 한번 내리면, 주차된 차의 문을 열지 못할 만큼 쌓이는 일쯤은 다반사다. 그날도 얼큰한 취기와 이튿날의 출근 걱정이 뒤섞인 채 실비집을 나와 쓰린 간을 달래고 있었다. 겨울 태백의 공기에는 산소가 포화 상태라 숨 쉬는 일 자체가 해장처럼 느껴진다. 큰 숨을 두어 번 들이켜자 폐 속 깊숙이 한기가 침투했다.

온통 흰색으로 범벅이 된 거리에 눈이 피곤해져서 고개를 들어 하늘을 올려다보았다. 태백의 공기보다 해장 능력이 뛰어난 건 태백의 겨울 하늘이란 걸 그제야 깨달았다. 모든 별이 일등급 이상의 밝기를 자랑하며 지상으로 강림할 듯 점점 더 또렷하게 커지는 게 아닌가. 그리고 이 찬란한 별들의 향연은 순도 백퍼센트의 검정 밤하늘을 무대로 펼쳐지고 있었다.

철암탄광 역사촌.

어둠이 깔려야 크게 빛날 수 있는 태백太白. 석탄의 검정으로 일어서고, 그 검정으로 쇠퇴했던 고원의 도시는 이제 밤하늘의 별보다 더 반짝일, 하늘 아래 첫 동네 사람들의 꿈을 잉태하고 있다. 태백의 검정은 빛의 씨앗이다.

극한과 극단
사이에서

차분해지려고 노력한다. 그러지 않으면 결국 손해를 보는 쪽은 나일 테니까. 그 손해는 해가 갈수록 심각해질 가능성이 크고, 이젠 생활의 불편을 넘어 생존에까지 위협이 될 수 있는 공포에 가깝다. 무심하지 못해 속을 태우는 사람들에 비하면 나는 훨씬 이기적인 편인지도 모르겠다.

그래도 노력하니 차분해진다. 차분한 상태에서는 앞날을 도모해야 마땅한데, 이것저것 다 모르겠고 그냥 주어진 대로 흘러가며 살아도 되지 않겠느냐는 게으름에 온몸을 맡긴다. 내 생애까지는 그럭저럭 견딜 만할 거라는 근거 없는 기대와 함께. 어지럽고 아득하다.

직사광의 독재

지구를 감싸는 대기 덕분에 우리는 푸른 하늘을 볼 수 있다. 칼 세이건의 『창백한 푸른 점』은 지구의 대기층이 없었다면 성립할 수 없는 제목이었을 거다. 하긴 대기가 없으면 생명체 자체도 존재할 수 없겠지. 날씨에 따라 지구인들의 눈에 보이는 하늘은 파란색부터 회색빛, 노을의 오렌지색까지 다채롭지만, 우주에서 바라본 지구는 언제나 푸르다. 태양에서 출발한 빛의 스펙트럼이 지구의 대기 입자들과 부딪히며 푸른 계열의 가시광선만 선택적으로 반사해 그렇다는 것이다. 반면 대기층이 없는 달은 태양빛을 산란 없이 그대로 반사해 그저 하얗거나 노랗게 보일 뿐이다. 그래서 달 표면에 선 사람은 낮과 밤의 구분 없이 까만 하늘만 올려다봐야 한다.

태양이 쏘는 직사광은 에너지를 전달하는 생명의 원천이지만, 동시에 집중된 열과 빛으로 더위와 눈부심을 유발한다. 사물의 그림자를 만들어 세상 풍경에 생동감을 부여하는 것도 그 직사광이다. 낮에 북향의 하늘이 깜깜하게 보이지 않는 이유는 지구 대기에 반사된 빛이 여러 각도로 산란해 상공에 고루 퍼지기 때문이다.

구름이 낮게 깔린 음산한 날의 하늘은 잿빛이다. 저 높은 상공에서 산란된 푸른빛은 구름에 가로막혀 우리 눈에는 닿지 못하고, 대신 잿빛의 반사광이 공간을 채워 하늘의 색깔을 대

▲ 바닥이 보이는 강릉 남대천.

▼ 바닥이 드러난 오봉저수지.

체한다. 이렇게 직사광이 아닌 산란된 하늘의 간접광을 '천공광'이라 부른다. 부드럽고 눈부시지 않은 천공광은 명암의 대비를 지워 사람을 차분히 가라앉히기도 하지만, 단조롭고 우울한 정서를 불러오기도 한다.

2025년 초여름에서 초가을까지 강릉을 비롯한 강원 영동 지역은 직사광의 압도적인 지배 아래 대혼란의 시기를 맞았다. 유례없는 극단의 기상. 쉼 없이 내리쏘는 아폴론의 창끝은 모두의 정수리를 조준했고, 자비 없는 직사광은 메말라가는 땅의 틈을 점점 벌려 민심과 농심을 함께 태워버렸다. 태양의 폭격을 맞은 강릉으로 전국 각지에서 생수가 답지하는 사상 초유의 장면이 펼쳐졌고, 가뭄 사태는 도시 전체를 혼란 속으로 밀어 넣었다.

매해 여름 가뭄 직전의 위기를 겪고도 제대로 대비하지 못한 행정당국을 질타하는 목소리는 거세졌고, 강릉 시민의 생활용수 85퍼센트를 책임지는 오봉저수지의 저수율은 10퍼센트 아래로 내려갈 위기에 몰렸다. 아파트를 중심으로 단수와 절수가 이어졌고, 플라스틱 양동이와 생수통 샤워기는 품귀 현상을 빚었다. 이런 일이 지금의 세상에서 벌어질 거라고 누가 상상이나 했을까. 태백산맥 너머 강릉의 땅은 그해 여름, 잠시 사막이 되어버렸다.

전국의 급수차와 소방차가 집결한 강릉 시내에는 요란한

오봉저수지 바닥을 향해 놓인 소방 호스.

오봉저수지 바닥을 향해 놓인 소방 호스.

사이렌 소리가 끊이지 않았다. 씻고 닦지 못한 시민들 중 재택근무가 가능한 사람들은 타 지역으로 단기 이사를 가기도 했다. 물이 금이었던 시간, '평년'의 기후가 이토록 고마울 수 있다는 사실을 처음으로 실감했다. 인간의 탓으로 심화된 이상 기후라 해도 눈앞에서 재난을 겪는 시민들은 하늘을 원망하지 않을 수 없었다. 대체 이게 무슨 일인가.

보디가드처럼 해안 도시들을 넉넉히 굽어보던 태백산맥은 그해 여름 신분을 바꾸어 가뭄 사태를 키운 악역이 되었다. 습기를 머금은 구름은 산맥의 서쪽 사면에 부딪혀 비를 소진한 뒤 뜨거운 기운을 더해 동쪽으로 넘어왔다. 어쩌다 산기슭에 비가 내려도, 동해를 향해 급사면을 이루는 지형은 물을 머금지 못한 채 그대로 바다로 흘려보낼 수밖에 없었다. 숙원 사업이던 지하 댐은 하루아침에 건설될 리도 없고, 해수의 담수화 기술로 이 사태를 단번에 뒤집을 수도 없는 노릇이었다. 결국 믿을 건 하늘뿐이었다. 그리고 마침내, 하늘은 응답했다.

과유불급

단비가 내렸다고 해서 저수지로 달려가 기쁨을 만끽하는 경험을 평생에 몇 번이나 하게 될까. 오봉저수지 관망 포인트에는 내리는 비를 맞고도 함박웃음을 짓는 시민들이 삼삼오오 몰려들었다. 스마트폰으로 담은 궂은 날의 환호성은 삽시간에 지인들에게 전송되어 포만감을 공유할 수 있었다. 이제라도 구름이 고마웠고 혼신의 힘으로 절수를 실천했던 사람들이 대견했다. 하늘은 우리를 내치지 않은 것이다.

그런데 이것 봐라. 기우제를 지나치게 진심으로 지냈던 탓일까. 한번 내리기 시작한 비는 멈추지 않았다. 9월 중순부터 간헐적으로 쏟아지던 비는 10월로 접어들며 일상이 되고 말았다. 일상이 되었다는 말은, 하늘에서 물이 떨어지는 일이 당연하게 받아들여졌다는 뜻이다. 10월 넷째 주가 마무리될 때까지 단 하루를 빼고 강우는 거르지 않고 강원 영동 지역을 덮쳤다. 반가움으로 시작된 미소는 어느새 고뇌의 주름으로 바뀌었다.

냉탕과 온탕을 오간다는 말은 차라리 평화롭게 들린다. 땡볕 아래 턱없이 부족했던 수분을 겨우 채우고 수확을 기다리던 벼는 물을 머금을 대로 머금어 도미노처럼 쓰러졌다. 그해 강원 영동 전 지역의 10월 평균 강우 일수는 무려 21.3일, 평균 강수량은 408.1밀리미터였다. 모두 기상 관측 이래 최장이자 최고치였다. 물 사용 제한으로 여행을 미뤘던 관광객들은 이제 가을장마처럼 이어진 비 때문에 동쪽으로 발길을 돌리지 않았다. 오봉저수지는 방류를 시작했고, 저수율은 90퍼센트를 넘겼다.

그러니까 불과 한 달 남짓 전, 저수지에는 겨우 10퍼센트의 물만 남아 있었는데, 이제는 만수위에서 고작 10퍼센트의 여유

▲ 내린 비로 높아진 오봉저수지 수위.

▼ 강릉 남대천의 보를 타고 넘는 세찬 물살.

만 남게 된 셈이다. 극단의 기후를 경고하고 싶다면, 2025년 강원 영동의 여름과 가을의 기후 통계를 교보재로 삼으면 제격일 것이다.

변덕도 유분수지. 영동 지역민들에게 그해 10월 하늘의 색은 파랑이 아니라 회색이었다. 가을장마가 남긴 피해는 물리적인 차원에 그치지 않고, 사람들의 감정 속으로 스며들었다. 우울함을 호소하는 이들이 부쩍 늘어 서로의 눈치를 살피는 일이 잦아졌다. 빛의 종류나 과학적인 영향을 굳이 따지지 않더라도 찌푸린 날씨가 정서에 미치는 작용쯤은 어렵지 않게 감지할 수 있다. 한창 단풍의 화려함을 만끽해야 할 가을 한복판이었지만, 길거리의 나뭇잎들은 하늘과 닮은 회색으로만 보였다. 가뭄은 한스럽고, 가을장마는 억울했다.

극한의 골짜기에서

확실한 것은 무엇이 되었건 언젠가는 끝난다는 사실이다. 10월의 마지막 주가 되자 먹구름이 물러갔다. 하늘은 다시 반사되고 산란된 푸른빛을 뿜어냈다. 본색을 잃었던 건 아니었구나. 천만다행이다. 눈을 비비고 일어나 푸르스름한 바깥 기운을 감지한 게 얼마 만인가. 이 햇살은 지독한 가뭄 때의 무자비한 직사광과는 다른 위로의 햇살이다. 내려 달라고, 그쳐 달라고 애원하던 하늘을 이제야 온화한 눈으로 바라볼 수 있게 되었다. 그사이 기온은 덜컥 내려가 가을의 핵심을 놓친 듯한 아쉬움이 남았지만, 하늘이 높아 보인다면 그걸로 충분했다.

한 달 내내 쏟아진 비에 하늘을 말끔히 빨아낸 듯, 고통 이전의 맑은 날보다도 오늘의 하늘은 더욱 청명했다. 직사광선이 주는 축복을 누려야 한다. 오늘 하루만큼은 선크림도 사절이다. 건물과 사람의 그림자가 뚜렷하다. 생기를 되찾은 도심에선 얼굴마다 미소가 번진다. 이젠 안심해도 되려나.

솔직히 말해 그럴 수 없을 것이다. 한 치 앞도 내다볼 수 없을 만큼 기후 재난의 습격이 돌발적이라는 사실을 이미 온몸으로 겪었기 때문이다. 수십 년에 걸쳐 기온이 1도씩 올라갈 테니, 북극의 빙하는 사라질 거라는 예측마저 이제는 사치처럼 느껴진다. 계절마다 되풀이되는 산불과 가뭄, 홍수가 우리 기후의 전형이 될까 봐 두렵기만 하다. 화재는 산을 태우고, 폭염은 땅을 태우며, 가뭄과 장마는 농민의 애를 태운다.

동해안의 온난한 기후가 태백산맥 덕분임이 분명했는데, 이제는 저 늘어선 거인이 구름을 부려 극한의 기후를 키우는 주범이 돼버린 것은 아닐까. 초겨울의 입구에서 스치는 차가운 바람에 생각마저 함께 냉각된다.

결국 한참을 이겨내는 수밖에 없다. 순리를 거스르지 않으려는 인간의 노력이 뒤따른다 해도 자연이 스스로의 면역력을 회복하기까지는 긴 시간이 지나야 할 테니까.

두렵기까지 했던 하늘은 어느새 강원도 본연의 매력을 반사하며 눈부시게 빛난다.

그래도 견딜 수 있는 건 가을 강원의 하늘 덕분이다.

PART 4

잇
고
맺
는 이
야
기
들

바다의 기억은
호수가 되어

이놈의 발이 이상한 건지, 아니면 탄력성이 떨어지는 것들만 골라 사는 기가 막힌 재주가 있는 건지 모르겠다.

여름이란 녀석의 낌새가 느껴지면 먼저 발목 양말부터 꺼내 신는다. 발목의 휑함에서 약간의 서늘함과 청량감을 동시에 만끽하는 것도 잠시, 시위가 화살을 놓듯 발목 경계에 있는 밴드 부분이 툭 튕겨 나가 뒤꿈치 아래, 발바닥 중간쯤에서 돌돌 말린다. 짜증 난다, 이 느낌. 발바닥의 하의 실종이자 발디딤을 뭉근히 압박하는 벌칙과도 같다.

매년 구멍이 나 버리는 양말이 두어 켤레 생기는 바람에 그만큼의 여름용 발목 양말을 사게 된다. 그래서 양말 쇼핑치고는 과하게 굳은 각오로 마트에 가는 것이다. '절대 느슨한 밴드의 양말은 사지 않겠어!' 두 눈 부릅뜨고 이 양말 저 양말 뒤집었다 폈다 난리다. 점원이 봤다면 나를 성격 파탄자 혹은 정도가 지나친 깍쟁이로 여겼을 게 분명하다.

세 계절을 보내고 다시 서랍 속에서 탄력이 괜찮아 보이는 발목 양말을 골랐다. 휴일이고 흐리다. 흐리지만 '맑게' 흐린 날이다. 공기에 이물질이 섞인 듯 뿌옇게 시야가 흐린, 그런 탁한 흐림이 아니다. 구름이 낮게 깔렸지만 시야가 또렷한 날. 맑은 날보다 더 상쾌한 하루다. 집 앞산의 초록은 태양이 가득한 날보다 더 초록색이다. 차분하게 톤 다운된 배경 덕에 평소엔 포착하기 힘들었던 시내 쪽 건물들이 확실하게 드러난다.

맑게 흐린 날은 시력이 좋아지는 날이다. 그래서 북으로 간다. 가장 위쪽부터 훑고 내려올 작정이다. 오늘 고른 양말도 다행히 '착붙'이다.

해안선과 석호

강원도 동쪽은 고성군에서 삼척시까지 내림차순으로 이어진다. 해안선의 길이가 무려 2백 킬로미터가 넘는다. 통일이 되어 잘린 강원도가 봉합된다면 어떻게 될까? 3백 킬로미터를 훌쩍 넘긴다. 남북이 길쭉한 한반도의 매력을 시전할 초유의 바닷

길이다. 철조망을 뚫고 나아가고픈 욕망은 절절하지만 어쩔 것인가. 북한과 경계를 맞댄 남쪽 강원도의 북극성인 고성군으로 철조망 대신 초여름의 공기를 뚫고 달려간다.

강원도 내륙 쪽의 호수는 대부분 인공 호수다. 소양댐으로 생긴 소양호, 횡성댐이 완공되면서 만들어진 횡성호, 1944년 화천댐이 건설되며 생긴 파로호가 그렇다. 그래서 동해안에 바짝 붙어 점점이 고여 있는 호수들은 짐짓 낯선 존재로 다가온다. 저 높은 하늘에서 바라보면, 남북의 해안선을 따라 조그맣고 푸른 보석이 띄엄띄엄 땅에 박혀 있는 모습일 듯하다.

한때 바다였던 곳이 모래 퇴적 등으로 가로막혀 형성된 호수가 석호潟湖다. 그러니 바닷가에 있어야 정체성이 입증된다. 강원도 최북단 고성에서부터 강원 동해안의 중부라 할 수 있는 강릉 해안까지 가상의 선은 '석호 벨트'라 불러도 좋겠다.

고성의 석호

고성의 화진포에 도착했다. 맑게 흐리지만, 와우! 바람이 도를 넘었다. 계절을 냉철하게 깍둑썰기를 한다면 아직은 봄의 영역이라, 양간지풍●의 기세를 얕봐선 안 될 시기다. 머리에 왁스는 괜히 발랐고, 호수에는 파도가 일렁였다.

최북단에 있는 석호인 화진포는 둘레가 무려 16킬로미터로 동해안의 석호 중 가장 큰 덩치를 자랑한다. 호수 주위를 도는 건 자동차와 간간이 보이는 자전거뿐이다. 산책할 요량으로 차에서 내렸다가도 광활한 호수의 압박에 이내 걷기를 포기하게 될 공산이 크다. 더구나 오늘같이 광풍이 몰아치는 날엔 정신을 고요하게 해줘야 할 산책길이 넋이 나갈 고행길이 되어버린다. 규모의 경제 대신 규모의 경치에 감탄하며, 고행이 되기 직전에 산책을 마친다. 바람을 원망해 보지만 어찌 보면 화진포급 덩치는 돼야 태풍급 강풍에도 당당히 맞설 수 있겠다 싶어 이 호수가 든든해지기도 한다.

화진포 관광의 큰 매력은 조망할 수 있는 포인트가 확실하다는 데 있다. 삼팔선에서 한참 북쪽인 화진포는 한국전쟁 이전에는 북한의 영토였다. 경관 점수를 매길 수 있다면 거의 만점에 가까울 해안 언덕에 김일성은 별장을 마련해두었다. 어쩌면 당연한 선택이었을 것이다. 그의 별장이었던 화진포의 성에 올라 내려다보면, 호수의 실체가 숨김없이 드러난다. 중간에 놓인 해빈이 바닷물과 호숫물을 명확하게 가르고 있다. 화진포는 더 이상 설명이 필요 없는 석호 그 자체다. 석호의 물이 대개 그렇듯 화진포의 물도 제법 짤 것이다. 땅속으로라도 바닷물이 들고 날 테니까. 직접 맛보지는 못했다.

● 강원도 양양과 간성 사이에서 부는 국지적 강풍. 강원도 대형 산불의 원인으로 자주 지목된다.

고성 화진포.

화진포는 이상하리만큼 국가 원수급 인물이 아니면 상대하지 않는 곳처럼 보인다. 김일성 별장에서 내려와 오른쪽 송림으로 들어서면 이기붕 전 부통령 별장이 나오고, 차를 타고 호수 위 다리를 건너면 이승만 전 대통령 별장이 모습을 드러낸다. 같은 화진포라도 이승만 별장과 김일성 별장에서 바라본 인상은 사뭇 다르다. 내륙 쪽으로 꺾여 들어간 호수 표면에 퍼지는 윤슬은 어딘가 허전하면서도 순진하다. 같은 호수, 다른 풍경. 비교하며 감상할 수 있어 별장 투어 코스로도 손색이 없다.

고성은 북쪽으로 갈수록 풍경의 깊이감이 배가된다. 더 이상 앞으로 나아갈 수 없다는 안타까움이 이 거침없는 경치에 배어 있는지도 모르겠다. 대통령이 아니어도 좋고, 수령이 아니어도 괜찮다. 고성군에 오신다면, 갈 수 있는 한계까지 꼭 올라가보시길.

둘레 6.5킬로미터인 송지호는 화진포에서 남쪽으로 20여 분 달려가면 도착한다. 호수가 7번 국도변에 자리한 덕에 주차를 하고 나면 곧바로 호수의 전경이 펼쳐진다. 송지호의 탁 트임은 서정적이다. 호수가 아담하게 느껴진다면, 그건 화진포의 덩치가 너무 큰 탓일 것이다. 송지호 역시 도로 건너편에 해수욕장이 있어, 석호 주변 지형의 전형적인 구조를 충실하게 드러낸다. 이 호수의 진짜 매력은 호젓하게 조성된 둘레길이다. 좌우로 늘어선 소나무들 사이를 걷다 보면, 마치 호위를 받는 기분이 든다. 천천히 걸어도 두 시간이면 호수를 한 바퀴 돌 수 있다.

▲ 화진포의 성(김일성 별장).

▼ 화진포의 성에서 바라본 왼쪽 화진포(호수)와 오른쪽 화진포 해수욕장 .

고성 송지호.

시계 반대 방향으로 둘레길에 들어서면, 초반에는 오른쪽에 붙은 국도가 신경 쓰인다. 정확히 말하면 고속으로 내달리는 차들의 소리가 거슬린다. 다행히 산책길이 도로에서 몇 미터 아래로 움푹 들어가 있어 차들의 모습까지 보이진 않는다. 초입만 벗어나면 자연스레 해결될 문제다. 둘레길의 중반을 막 넘어서면, 6백 년 된 양근 함씨 집성촌인 고성 왕곡마을로 이어지는 길도 만난다. 영화 〈동주〉의 촬영지로도 알려진 이 평화로운 마을까지 거닐어보면 좋겠다.

속초의 석호

다시 남으로! 이번엔 속초다.

남에서 북으로, 북에서 남으로 이동하는 것에는 설명하기 어려운 체감의 차이가 있다. 적어도 나에겐 그렇다. 북반구에 살고 있기 때문인지는 모르겠지만, 남에서 북으로 향하는 길은 늘 중력을 거스르는 느낌이다. 무릎의 힘을 빌리든, 엘리베이터라는 기계의 힘을 빌리든 적지 않은 에너지가 필요한 역동적인 과정처럼 느껴진다. 가속 페달을 힘껏 밟아야 차가 간신히 나아갈 것만 같다. 반대로 북에서 남으로 갈 때는 힘을 빼도 된다. 내리막길을 미끄러지듯 내려오는 기분이다. 위치 에너지가 최고점에 이른 뒤 자연스럽게 풀리는 순간처럼. 고도 차이가 없으니 연료 소모량에도 차이가 없을 텐데, 이상하게도 차가 잘 나간다. 미끄럼틀을 타는 느낌이라고 해야 할까.

물론 헛소리다. 둥근 지구에서 위아래가 어디 있겠는가. 북반구 거주자의 자의적인 해석일 뿐이다. 그럼에도 또 다른 심리적 기전은 분명 존재한다. 열대의 느슨함이 가까워질수록 긴장도 함께 풀린다. 우리에게 남쪽이란 휴양과 안식을 향해 나아가는 방향이다. 그 길이 어찌 편하지 않을 수 있을까. 거꾸로 혹한과 불모의 땅으로 향하는 북행은 본능적으로 불안을 동반한다. 더구나 우리에게 북은, 허리가 동강 난 채 남아 있는 치명적인 상처를 마주하게 되는 한스러운 방위이다.

이름마저 영롱한 영랑호는 봄의 여신이다. 벚꽃이 만발한 영랑호 둘레길은 낭만파와 인상파를 가리지 않는다. 유럽의 공원을 닮은 주택가 쪽 산책로, 속초 8경 중 하나인 범바위의 자태, 그리고 부교에 깔린 데크를 따라 호수를 가로지르는 영랑호수윗길까지 호수 주변의 풍경은 한없이 다채롭다.

신라시대에 영랑, 술랑, 안상, 남랑 네 명의 화랑이 금강산에서 무술을 수련하고 경주의 무술 대회로 향하는 길에 영랑호에 이르렀다. 그들 중에 감수성이 가장 풍부했던 영랑이 이곳의 풍취에 마음을 빼앗겨 대회 참가를 포기하고 그대로 눌러앉았다는 전설이 전해진다. '영랑호'라는 이름은 그렇게 붙었다.

둘레 7.8킬로미터의 영랑호를 가로지르는 부교인 '영랑호

속초 영랑호.

수윗길'에 대해서는 한 번쯤 따져볼 필요가 있다. 호수 위를 걸어가는 기분은 썩 괜찮다. 납작한 돌이 되어 물수제비처럼 튀어 오르는 경쾌함이 있다. 2021년에 설치된 이 부교는 놀랍지도 않게 환경 파괴 논란을 꾸준히 불러왔다.

그중 가장 널리 회자된 사례가 이른바 '반 반', '하프 앤드 하프' 현상이다. 피자 이야기는 아니다. 윗길이 생긴 뒤 매년 겨울이 되면 다리를 기준으로 동쪽, 즉 바다와 가까운 쪽의 물은 웬만한 한파에도 얼지 않았는데, 서쪽 호수는 꽁꽁 얼어붙곤 했다. 심지어 서쪽 부교 아래에는 얼음이 달라붙어 다리가 기울어질 정도였다. 부교를 경계로 계절이 갈라진 것과 마찬가지였다. 도대체 원인이 무엇이었을까.

열을 가하면 물체 안의 분자들은 부산하게 움직이며 서로 부딪히고 튕겨 나간다. 전자레인지나 인덕션이 음식물 속 분자에 마이크로파로 진동을 일으켜 순간적으로 열을 내는 것도 같은 원리다. 그렇다면 호수가 어는 현상 역시 분자의 움직임과 무관할 리 없다. 겨울이 되어 온도가 내려가면 그동안 충돌하며 흩어졌던 물 분자들은 점점 차분해진다. 서로를 밀어내는 대신에 손에 손을 잡듯 육각형 고리를 만들기 시작한다. 우리가 얼음이라 부르는 것은 바로 이 고리들의 집합체다.

윗길이 생기기 전 영랑호가 좀체 얼지 않았던 까닭은 한겨울에도 물 분자의 흐름이 비교적 활발했기 때문이다. 여름을 지나 가을로 접어들면 수온이 내려가고, 수면의 물 분자들은

영랑호수윗길.

움직임이 둔해진다. 사람도 물 분자도 둔해지면 무거워지는 법. 표면의 물 분자들은 아래로 가라앉고, 그 내리누르는 힘은 호수 바닥을 휘저으며 깊은 곳의 물을 다시 끌어올린다. 이런 물리적인 순환은 산소와 영양분의 교환을 동반해 호수를 건강하게 만든다. 영랑호의 물은 겨울에도 이와 같은 순환 작용으로 얼어붙을 틈이 없었다.

그런데 어느 시점부터 호수의 절반이 얼었다면 이야기가 달라진다. 그건 윗길의 서쪽에서 물의 순환이 원활하지 않았다는 의미다. 수면의 물이 가라앉으려 해도 그 아래의 물이 마치 철벽처럼 흐름을 막았다는 뜻이다. 부교가 호수를 동서로 가르며 한쪽을 지나치게 고요하게 만들어버린 것이다.

결국 속초시는 영랑호수윗길이 장기적으로 호수의 생태계에 영향을 미친다는 조사 결과를 받아들였다. 관광객 유입 효과와 환경 문제를 둘러싼 논쟁은 여전히 진행형이지만, 막대한 예산을 들여 조성된 이 길은 또다시 큰 비용을 치르고 철거될 운명에 놓였다.

속초의 두 번째 석호는 가벼운 붓터치 느낌으로 살펴보기로 한다. 청초호는 동해안에 들어선 석호 중 사교성이 가장 뛰어난 녀석이다. 도심과 붙어 있어, 청초호수공원 길 건너편은 곧바로 상업 지역이다. 손님깨나 끈다는 고깃집들은 청초호를 따라 거의 평행으로 늘어서 있다. 주거 밀집 지역과도 가까워 가볍게 산책하는 사람들의 수만 봐도 석호 중 단연 일등이다.

속초 청초호.

일상과 찰떡인 청초호는 그래서 도시적인 새침함도 품고 있다.

한편 이 석호는 바다와 노골적으로 연결돼 있어 다른 석호에 비해 바닷물의 유입이 훨씬 활발하다. 선박 역시 호수와 바다 두 영역을 거리낌없이 오간다. 고층 빌딩이 연속으로 늘어서며 속초가 급격히 현대화된 풍경에 탄식이 새어 나온다면, 청초 호수공원을 걸으며 마음을 조금 내려놓는 것도 나쁘지 않다.

강릉의 석호

고성과 속초를 지나 남으로 남으로… 양양을 건너뛰고 강릉으로 향한다. 양양엔 석호가 없으니 어쩔 수 없다.

강릉시 주문진에 자리한 향호는 둘레 2.5킬로미터의 아담한 석호다. 주위를 한 바퀴 돌아보기에 부담이 없다. 7번 국도변에서 슬쩍 시야에 들어오는 향호는, 거대 석호들의 명성에 가려 고즈넉하게 살아오다 한때 개발과 환경 파괴 논란의 중심이 되어버렸다. 어쩌다 이런 처지가 되었을까.

문제의 발단은 호수 인근에 폐기물 매립 시설이 들어설지도 모른다는 소문이었다. 더 정확히 말하면 생활폐기물이 아닌 '지정폐기물' 매립장이었다. 지정폐기물이란 폐유나 폐농약, 슬러지 등 산업 현장에서 나오는 고위험 유해 물질을 말한다. 관리 감독의 책임도 지자체가 아닌 국가에 있다. 전국 각지에서 배출된 지정폐기물이 강릉 주문진 땅으로 모여드는 상상은 현실이 될 수도 있었다.

그러나 강릉시를 비롯해 매립장 예정지 주변의 기초지자체들이 설치를 강경하게 반대했고, 지역 주민들 역시 한목소리로 지정폐기물 매립의 위험성을 알렸다. 그 결과 2024년, 사업자는 백기를 들고 매립장 조성 계획을 포기했다. 얼핏 운영이 까다로워 보이는 매립장 사업은 사실 엄청난 순이익을 남기는 분야라고 한다. 만만한 시골의 환경을 돈으로 바꿔 먹는 일은 도대체 언제까지 반복될 것인가.

강릉시는 위기에서 벗어난 향호와 그 일대를 2030년까지 지방정원으로 조성하고, 이후 국가정원으로도 지정받겠다는 야무진 계획을 세우고 있다. 환골탈태를 앞둔 향호에 마음을 다해 응원을 보낸다.

마지막 선수다. 오래 기다리셨다. 인지도의 끝판왕, 강릉의 경포호다. 둘레가 4킬로미터를 조금 넘어 조깅을 즐기는 사람들에게는 이상적인 코스를 선사한다. 속초의 청초호처럼 주택가가 바로 옆에 붙어 있지는 않지만, 많은 강릉 시민들이 자랑스럽게 찾는 보석 같은 공간이다.

국가 지정문화재 보물인 경포대에 올라 호수를 내려다본다. 원래의 경포호는 지금보다 훨씬 넓었다. 지역 사료에는 둘레가 30리로 기록돼 있고, 『택리지』의 저자 이중환은 경포호의 둘레를 20리로 적었다. 어느 쪽이든 최소한 지금 넓이의

강릉시 주문진의 향호.

두 배에 가까운 규모다. 1920년대 지도에도 경포호의 둘레는 12킬로미터라고 표기돼 있어 강릉 지역의 사료들과 크게 다르지 않다. 이후 농사를 위한 매립 등이 이어지며 호수의 면적은 점차 줄어들어 지금의 모습이 되었지만, 화진포에 버금가는 대장급 석호였다는 본질적인 사실은 변하지 않는다.

그래서 옛날의 경포대 절벽은 도로가 아니라 호수와 맞닿아 있었다고 한다. 하늘에 달 하나, 호수에 달 하나, 바다에 달 하나, 술잔에 달 하나, 님의 눈동자에 달 하나. 과거의 선비들이 괜히 이런 기름진 플러팅을 일삼았던 게 아니었다. 수백 년 뒤 작업의 달인들마저 감탄하게 만든 회심의 문구에는 다 그만한 배경이 있었던 것이다.

경포호는 이름을 두고 요즘 제법 뜨거운 논쟁이 벌어지고 있다. '경포鏡浦'호가 아니라 '경鏡'호가 맞다는 주장이다. 일부 대학교수와 SNS를 중심으로 이 의견이 빠르게 번지고 있는 모양이다. 근거는 고문헌과 1990년대까지의 지도에서 이곳이 일관되게 '경호'로 표기돼왔다는 사실이다. 사료상으로는 분명 경호였던 호수의 명칭이 2000년대 들어 갑자기 '경포호'로 둔갑했다는 것이다.

또 다른 이유도 제시된다. '포浦'는 바닷가의 포구를 뜻하고 '호湖'는 민물이 고인 호수를 가리키니, '포'와 '호'가 한 이름 안에 함께 들어갈 수 없다는 주장이다. 거울처럼 투명한 호수의 특징을 드러내는 '경鏡'만이 호수의 수식어 자격이 있으니, 이제라도 '경포호' 대신 '경호'라 불러야 한다는 논리다.

만약 2000년 이전의 모든 역사적 사료에 '경호'라 표기돼 있다는 사실을 절대적인 기준으로 삼는다면, 그렇게 고쳐 부르는 것도 일리가 있다. 그러나 한 가지 의문이 남는다. 1990년대에 강릉에 살았던 시민들이 실제로 이곳을 '경호'라 불렀을까? 그 시절을 기억하는 사람으로서 떠올려보면, 당시에 "경호에 산책하러 가자"라고 말하는 이는 없었다. 공간의 이름은 기록만으로 살아남지 않는다. 얼마나 많은 사람이 실제로 그 이름을 입에 올리는가 역시 중요한 잣대다. 오늘날 대부분의 시민들이 경포해수욕장 건너편의 석호를 '경포호'라고 부르고 있다는 사실 또한 무시할 수 없다.

응당 '경호'라 불러야 한다는 또 하나의 근거로 제시되는 '포'와 '호'의 의미 중첩 문제도 다시 들여다볼 필요가 있다. 정확히 경포 바닷가 어디에 포구가 있었는지는 알 수 없어 조심스럽지만, 한자의 뜻만 놓고 판단하자면 고개가 갸웃해진다. 포浦는 바닷가에만 적용되는 개념이 아니다. '강이나 내에 조수가 드나드는 곳, 물가, 지류가 강이나 바다로 흘러드는 지점' 역시 '포'라 부른다. '포구浦口' 또한 '배가 드나드는 물길의 어귀'를 뜻할 뿐 반드시 바다에만 있어야 하는 것은 아니다.

경포의 남쪽 해안인 강문 일대의 경포천을 통해 지금도 바닷물은 경포호로 유입된다. 조수가 '천川'을 따라 드나들어 호수의 물과 섞이는 곳이라면, 이 역시 포구라 부를 수 있는 공간이다. 더구나 석호라는 수체水體 자체가 태생적으로 '바다와의 연결'을 전제로 한다는 점을 감안하면, 경포호라는 이름이 호수의 본질을 훼손한다고 보기는 어렵다. 서울 한강변의 '마포'나 '영등포'도 바다와 거리가 멀지만, 떳떳하게 '포'의 이름을 달고 있지 않은가.

그래서 아마추어의 소견 하나 덧붙여본다.

'거울처럼 마음을 비추는 아름다운 호수'로 느끼고 싶을 때 '경호'로 불러도 좋겠다. 발음도 맑고 날아갈 듯하니까. 반면 의미상 맹점이 없고 사람들이 일상적으로 부르는 이름인 '경포호'를 굳이 버릴 이유도 없다. 오히려 그 안엔 한때 포구가 존재했다는 역사적 기억도 담겨 있으니까. 두 개의 이름을 가졌다고 해서 안 될 것은 없다. 무엇이 문제인가.

고성과 속초, 강릉의 석호들을 여행했다. 육지의 황홀함에 갇혀버린 바다의 얄궂은 운명이 강원도 동해안에서는 적나라하게 드러나 있다. 대양을 떠돌며 거칠 것 없던 바다의 신은 이제 사람들 곁에서 위안이 되고 감성이 되어 거울의 요정으로 거듭났다. 강원도의 짙푸른 바다와 거침없이 솟아오르기 시작하는 땅의 상승곡선 사이에는, 언제나 사람들과 함께한 호수들이 있었다는 사실을 기억해주셨으면 한다.

여정이 만만치 않았다는 건 분명하다. 운동화를 벗으니 발

강릉 경포호.

목 양말이 발끝에 간신히 걸려 있다.

분명 탄력성이 뛰어나 보였는데 실망이다.

강원의 조망,
언덕 삼대장에서

세상에, 땅꺼짐이란다, 또. 멀쩡하게 달리던 차 두 대가 푹 빠질 정도의 크기라 한다.

아스팔트 도로는 무엇에도 맞설 수 있을 것 같은 진회색의 묵직함을 지녔다. 자연과 인공이 결합해 만들어낸 신뢰의 결정체. 고속으로 내달리는 쇳덩이들을 가뿐히 받쳐 올리는 아틀라스의 문어발 같은 존재다. 흐름이 굳어져 구조가 완성되었기에 더 마법 같은 대동맥일 텐데, 그게 자꾸 꺼진다.

진흙길도 아니고 논두렁길도 아닌 아스팔트길이 무너져버린다면 도대체 뭘 믿고 지구와 접하며 나아갈 수 있을까. 공갈빵이 푹 꺼지는 건 빵 표면 아래에 공기층이 있어서다. 그렇다면 도로가 꺼진다는 것도 지표면과 도로 사이에 빈 공간이 있다는 뜻이다. 지구는 책임이 없다. 우리는 지구를 딛고 달린 것이 아니라 아슬아슬하게 떠 있는 가녀린 아스팔트 코팅 위를 달리고 있을 뿐이다. 사람이 내유외강이면 속이라도 너그럽겠지만 도로가 내유외강이라면 큰일이다. 고꾸라져도 최소한 지표면일 줄 알았는데, 그 아래 땅속으로 꺼진다고 생각하면 등골이 서늘하다. 단테의 지옥으로 들어가는 입구가 열린 것인가. 보이지 않는 낭떠러지는 아스팔트 아래에서 입을 벌리고 있다. 공동空洞이 검버섯처럼 흩어져 있는 도시의 지하가 두렵다.

올라가야겠다, 그래서.

태백시 매봉산 바람의 언덕

4월의 매봉산 정상은 어중간하다. 고지대의 낮은 기온 탓에 화려함을 기대하긴 어렵지만, 초록의 생명력이 곳곳에서 감지된다. 여름철 고랭지 배추의 장관을 기다리기에는 지나치게 이르다. 그러니 여긴 아직 배추의 언덕이 아니라 바람의 언덕이 맞다. 강원도 산바람의 정수를 흡수하기엔 경치가 어중간한 지금이 오히려 제격이다. 적당한 황량함이 바람에 대한 집중을 이끈다.

오르는 길의 난이도는 꽤 높다. 네 바퀴 협력이 필수인 강원도의 삶을 염두에 두고 사륜구동 차를 장만하긴 했지만, 덩치에 비해 빈약한 배기량 때문인지 힘이 달린다. 강원도에서 힘센 차는 사치의 발로가 아니다. 용을 쓰는 자동차도 불안하지만, 조수석 쪽 창문으로는 창공의 파란색만 보인다. 마치 비행기 창밖을 보는 기분이다. 비좁은 비포장길이라 오른쪽 낭떠러지의 경계가 가늠되지 않는다. 일방통행이었기에 망정이지 정상에서 내려오는 차와 마주친다면 그 차나 내 차나 큰일 나겠다. 고갯길의 난이도와는 별개로 시나브로 늘어난 나이에 스멀스멀 겁도 늘어난 게 틀림없다. 정상이 코앞이다. 잔뜩 졸아든 심장에 반비례할 만큼 광활한 파노라마가 기다리고 있을까.

억울하다. 장관이라서 더 억울하다. 사방에 비교적 높이가 균일한 산들이 둘러쳐 있어 지평선 대신 '산평선'이 전경을 호위한다. 언덕에 올라 바라보는 풍경은 차라리 수평을 확장한 모습이다. 오르막 급경사의 아찔함이 포착되지 않는다. 적어도 정상에서의 시야는, 힘들게 올라왔다는 변명을 단번에 엄살로 둔갑시켜버린다.

예상보다 촘촘한 간격으로 세워진 풍력 발전기들은 생명체 같다. 바람의 언덕은 풍력 발전기의 집단 서식처다. 그들은 바람을 먹고 산다. 해발 1,300미터의 고지에 어쩌자고 이렇게 거대하고 무시무시한 존재들이 늘어서 있을까. 풍력 발전기의 바로 아래에 서보면 이 거인들의 본질을 알게 된다. 50미터 길이의 날개는 초현실적이고, 그 소리가 주는 공포감은 압도적이다.

매봉산 바람의 언덕 정상.

장자의 「소요유逍遙遊」 첫 편에 나오는 바람을 타고 하늘을 나는 거대한 새, 대붕★鵬이 떠오른다. 지면으로 내리꽂힐 때마다 들리는 '우우웅~' 하는 비명 소리는 세상에서 가장 묵직한 베이스 음이다. 긴 날개의 그림자는 그 초저음과 연동하면서 비인간적인 무자비함을 보탠다. 과장하자면, 거대 단두대의 칼날 소리다.

사진과 실체가 가장 딴판인 피사체가 있다면, 그건 돌아가는 풍력 발전기일 것이다. 사진에는 공포도 위압도 없다. 날렵하고 날씬한 인공미의 정수만 보인다. 정靜인 척하는 동動의 화신이다. 순백의 몸체는 파란 하늘 속에서 청명하게 도드라져, 보다 보면 포카리스웨트가 괜스레 마시고 싶어질 지경이다.

태백 매봉산 자락의 고랭지 채소밭은 전국 최대 규모다. 연간 6백만 포기의 배추가 난다고 하니, 알게 모르게 태백 언덕의 정기를 배 속으로 흡수한 사람들이 꽤 많을 것 같다. 재배 면적은 130만 제곱미터, 여의도 면적의 절반에 달한다.

바람을 맞는다. 명성과는 달리 의외로 미풍이다. 다행이라 할 수는 없다. 산바람의 정수를 만끽하려고 4월에 올라왔는데, 봄볕에 살랑거리는 샛바람이 얼굴을 문지른다. 이건 아닌데…. 그래도 바람 맛은 제법 달콤하다. 그건 다행이다.

내리막길은 오르막에 비하면 카펫이다. 폭도 넓고 경사도 완만하다. 오늘 매봉산 정상의 바람은 내리막길과 잘 어울린다. 매서운 오르막길에 어울릴, 뼈 때리는 강풍을 맞으러 곧 다시 올 생각이다.

평창군 청옥산 육백마지기

정선군과 인접한 평창군에는 청옥산이 있다. 동강의 지류를 따라 찾아가는 길이 멋스럽다. 그럴 수밖에 없다. 강원도의 언덕과 명산을 오르는 길이라면 대개 굽이치는 강이나 시내를 곁에 두게 마련이다. 여기가 강원도라고 누가 알려주지 않더라도 단박에 알아차릴 수 있다. 설명하기는 어려운 지리 감각이지만 그런 게 있다. 이런 하늘과 구름, 저런 산과 강의 형상이라면 곧 강원이다. 낫거나 모자라거나의 차이가 아니다. 그냥 다르다. 인간 세상의 도움 따위는 필요치 않을 것 같은 그대로의 산하. 그래서일까, 오히려 도움을 구하는 사람들로 북적이는 그곳으로 오른다.

육백마지기는 성수기가 뚜렷하다. 비교적 안전한 봄부터 가을까지 꾸준히 발길이 이어지는 바람의 언덕과 달리, 이곳은 6월 초부터 7월 초까지 단 한 달 사이에 객들이 밀어닥친다. 급경사의 포장도로로부터 완만한 비포장 구간 전체에 차량들이 꼬리를 문다. 오토홀드 기능을 켜둔 상태로 가다 서다를 반복한 탓에 변속기 과열 경고등이 뜬다. 아차 싶다.

아직 오전 10시를 조금 넘겼을 뿐인데, 이렇게 부지런한 사람들이 많단 말인가. 대한민국 파이팅이다. 조금이라도 덜 붐비는 시간에 보고 오려는 생각은 다들 비슷할 터, 불평할 이유가 없다. 포인트에서 한참 떨어진 곳에 간신히 차를 세우고 걸어가기로 한다. 오가는 차들 사이로 옆구리를 스치듯 지나며, 명성 높은 육백마지기를 알현한 순간.

일말의 투정도 들어설 자리가 없어진다.

6월 중순, 육백마지기에는 마법 같은 풍경이 펼쳐진다. 푸른 하늘의 흰 구름과 데이지의 백설이 햄버거 번이 되어 초록 산천을 패티 삼아 품에 안고 있다. 채도가 높아 어디에 시선을 둬야 할지 모를 지경이다. 평소 사진을 못 찍는다는 핀잔을 듣는 편이라면, 여기로 와야 한다. 평범한 스마트폰으로도 누구나 사진 작가 흉내를 낼 수 있다. 길이 막혀 반나절이 걸리더라도 육백마지기는 와야 할 때 와야 한다.

이름도 직관적이다. '육백마지기'. 볍씨 육백 말을 뿌릴 수 있을 만큼 넓은 평원이라 붙은 이름이란다. 강원도의 험한 산과 산 사이에 이런 광활한 공간이 있다는 사실 자체가 예사롭지 않다. '달걀프라이 꽃'이라는 귀여운 별명이 붙은 샤스타데이지의 장관은 쌀농사의 의욕을 꺾어버린다. 기후에 민감한 품종인지 해마다 만개하는 정도가 천차만별이라는데, 올해는 이 정도면 성공이다. 육백마지기는 그야말로 육백만 송이의 천국

육백마지기를 뒤덮은 데이지꽃의 장관.

이었다.

　명소라 불리는 강원도의 언덕에서 풍력 발전기는 이제 디폴트 값에 가깝다. 다만 청옥산의 풍력 발전기는 바람의 언덕에 비해 드문드문 심어져 있다. 하늘과 땅을 수직으로 잇는 형상이라 수직의 하얀 기둥은 발전 설비라기보다 풍경화의 오브제로 제 소임을 다하는 듯하다. 너, 그러면 안 되는 거잖아. 발전에 매진해야지.

　데이지의 꽃잎 하나하나가 실크처럼 미끄러진다. 야생이 빚어낸 고급스러운 파편들이다. 언덕 위에서 데이지밭을 내려다보면 군집의 위력이 먼저 다가오지만, 접사 기능을 이용해 근거리를 관찰해보면 이만한 개별자도 흔하지 않겠다는 생각이 든다. 섬유질의 매력이 도드라진 하얀 혀꽃들이 샛노란 관꽃 주위를 헹가래 치듯 받치고 있다. 우주가 만들어낸 균형의 미이자 조화의 표본이다. 저 모양 그대로 똑딱이 단추를 만들어도 손색이 없겠다. 한 송이 데이지는 나름의 완결이고, 군집의 데이지는 천상의 꿈결이다.

　평창군 미탄면의 육백마지기는 하늘과 구름, 청옥산과 데이지가 얽히고설킨 가운데, 알록달록한 탐방객들의 움직임으로 마지막 방점을 찍는다. 차박의 명승지로 이름이 높다지만, 그것도 부지런한 사람들이나 누릴 수 있는 사치다. 텐트보다 허름한 모텔이 더 안락한 이 게으른 인간은, 그냥 내려갔다가 문명의 혜택을 받고 다시 오기로 한다. 내년에도 이 축복받은 언덕에 샤스타데이지가 만개하기를.

강릉시 왕산면 안반데기

　전국에서 별 보기 명소로 손꼽히는 곳이자, 차박의 원조 성지로 불리는 안반데기에 오른다. 찾는 사람들이 많아지며 요즘은 접근이 제한된 구역도 점점 늘어나고 있는 추세다. 안반데기라는 이름은 지형에서 비롯됐다. 떡메로 반죽을 내려칠 때 받치는 통나무 판을 '안반'이라 하는데, 이곳의 지형이 그것처럼 우묵하고 널찍해서 붙은 이름이라고 한다.

　안반데기는 강릉 시내에서 삼십 분 남짓으로, 거리도 멀지 않다. 오르막길 운전도 언덕 삼대장 가운데서 가장 수월하다. '가장'보다는 '그나마'가 더 정확할지 모르겠다. 배추밭을 따라 이어지는 오르막길 바로 옆으로 펜션이 있고, 마을 주민들이 운영하는 식당과 카페도 있어 편의성과 접근성도 우월하다.

　이름을 조금 더 들여다보면 '안반' 뒤에 붙은 '데기'의 의미도 드러난다. 고원의 평평한 땅을 뜻하는 '덕'이 안반과 결합해 '안반덕'이 되었고, 여기서 '안반덕이', 다시 강릉 사투리로 '안반데기'가 되었다고 한다. 함경남도에도 '안반덕'이란 산이 있다는데, 아마도 강릉의 안반데기와 지형이 비슷하지 않을까 짐작해본다. 통일이 되면 직접 확인해볼 것이다. 나는 이왕이면

안반데기 전경.

사투리의 결이 살아 있는 안반'데기'가 좋다. 고지의 평평한 떡판을 품은 이곳의 지번 주소가 강릉시 왕산면 '대기리'라는 사실도 묘하게 어울린다.

안반데기의 주인공은 누가 뭐라 해도 배추다. 그것도 여름철에 수확하는 양질의 고랭지 배추. 굽은 길을 따라 오르다 보면 돌연 초록의 폭발을 목도하게 된다. 분지의 바닥을 가득 덮은 초록이 사방 360도로 펼쳐지며, 아이맥스 화면처럼 시야를 잠식한다. 다만 이 장면을 제대로 보려면 일 년 중 가장 더운 시기에 이곳을 찾아야 한다. 그쯤이야 뭐.

해발 1,100미터의 황무지는 화전민들이 맨손으로 일구어 낸 결실의 땅이 되었다. 그러니까 안반데기 배추의 절경은 자연미가 아니라 인공미인 것이다. 인공미는 메트로폴리탄의 마천루에서만 뽑아낼 수 있는 게 아니다. 농부의 땀은 땅속을 직격했고, 그 힘으로 식물의 싹은 삼투압을 타고 솟아올랐다. 이보다 더 확실한 인공미가 세상에 또 있을까.

화려했던 멍에전망대의 명성은 이제 확인할 길이 없다. 도심에서 밀려든 차들이 안반데기의 정상에 포진하며 이른바 '별보기 붐'을 불러일으킨 이 성지는 폐쇄된 지 오래다. 개인 소유의 땅에 세워진 전망대는 출입이 금지됐고, 관리되지 않은 석축은 무너져 내렸다. 전망대로 가는 길은 이제 사슬로 봉쇄돼 쇠락의 흔적조차 가까이에서 확인할 수 없다. 지자체와 소유주가 원만히 협의할 수는 없었던 걸까. 짐작할 수 없는 사정이 있

안반데기 배추밭.

겠지만, 떨어질 듯 쏟아지는 별들의 장관을 감상하고픈 속세 과객들의 소망도 헤아려볼 가치는 있었을 것이다.

색을 감지하는 망막 세포가 흥분을 주체하지 못한다. 수직으로 솟은 나무의 초록과 발아래에 깔린 수평의 초록을 번갈아 탐색하느라 시선이 분주하다. 배추의 초록은 빛나는 진초록이다. 탐방자들의 눈빛마저 덩달아 반짝거린다. 안반데기의 주소인 왕산면 대기리는 강원도가 자랑하는 배추와 감자의 본산이다. 비탈의 고통을 뚫고 올라온 싹이어서 그토록 실한 것인지도 모르겠다. 강원도를 상징하는 농작물의 고향은 바로 이 언덕이다. 안반데기의 농민들은 오늘도 중력을 거스르며 살아간다.

배추는 전체가 꽃이 된다. 위로 돋아나는 잎들을 받치며 아래 잎들이 차례로 몸을 눕힌다. 배추 한 포기는 초록의 꽃받침과 초록의 꽃잎을 지닌 관상화가 되어, 미각에 포만감을 주기 전에 먼저 시각에 선명함을 선물한다.

어깨 근육이 유독 잘 뭉친다. 오래전 몇 차례 뻐근해지는 담이 왔다 가더니, 그 기운이 근육 안으로 파고들어 아예 자리를 잡아버린 듯하다. 돌처럼 굳은 어깨에서 날개라도 돋아나 하늘을 날 수 있다면, 묵직하게 눌린 어깨의 부담을 공중에 모두 흩뿌리고 싶다.

바람의 언덕에서는, 육백마지기에서는, 안반데기에서는 날고 싶어진다. 언덕에 올라 밤하늘의 별을 헤아려보는 것도 좋겠지만, 태양빛이 데이지의 꽃잎에서 백색을 튕겨내고, 배춧잎에서 녹색을 반사시키는 한낮의 비행은 또 얼마나 벅찰까. 산 정상보다 아주 조금만 더 높이 날 수 있다면 바랄 게 없겠다. 능선을 덮은 숲과 꽃, 그리고 인간이 세운 창백한 바람개비까지 하나하나가 더없이 소중한 존재로 시야를 채울 것이다. 그건 소유가 아닌, 순수한 바라봄이다.

오르면 덜 수 있고
또 오르면 내려놓을 수 있겠지.
강원도니까.

저 산은
내게

가을이 견고한 계절이면 좋겠다. 다른 계절을 압도하는 존재감까지는 바라지 않는다. 애초에 '압도적'이란 말은 가을과 어울리는 수식어가 될 수 없고, 어느 한 계절이 다른 계절을 지배한다는 발상 자체가 사계절을 부정하는 말일 테니까. 그렇다 해도 가을이 제 몫의 자리를 지키는 '견고한' 계절이기를 바라는 것까지 과한 욕심이라 할 수는 없을 것이다.

가을이 본격적인 계절의 지위에서 서서히 내려오고 있다는 사실은 누구나 체감하고 있다. 점점 더 강력해지는 여름과 겨울 탓이다. 40도에 육박하는 무자비한 더위가 물러갔다 싶으면 어느새 시베리아의 혹한과 폭설이 몰려온다. 날씨로 인한

스트레스 없이 웃으며 산책할 수 있는 시간은 일장추몽一場秋夢에 가깝다. 여기에 잦은 가을 태풍까지 더해져, 안 그래도 짧은 묵상의 계절을 속절없이 단축시킨다.

고속도로 휴게소라면 마땅히

조연으로 물러나고 있는 이 계절이 소중해 죽겠다. 돌아보면 조연이 보석이 되는 순간이 얼마나 많은지. 엉뚱하게 들릴지 몰라도 내게는 도로변 휴게소가 그런 곳이다. 출발의 설렘과 도착의 안도감, 이 두 긍정적인 감각을 기꺼이 연결해주는 마법 같은 공간이기 때문이다.

물론 떳떳한 사계절 중 하나인 가을과 달리 휴게소는 지극히 엑스트라다. 서울에서 달려 강릉에 온다 치면 운전 시간의 10분의 1이나 머물까 싶은 한낱 경유지. 전체 여정에 비춰보면 하찮게 취급당해도 할 말이 없는 공간이다. 그런데 보석이라니…. 적나라하게 '쓸모'가 이름이 된 휴게소에는 분명 '휴게' 이상의 무엇이 있다. 하나씩 들춰내보려 한다.

먼저 서울-양양고속도로를 타고 강원도의 고속도로변 휴게소를 '여행'해보자. 오늘의 휴게소들은 어깨가 으쓱하다. 경유지가 아닌 목적지로 대접받고 있으니 그럴 수밖에.

서울과 경기도를 지나 강원도에서 처음 만나는 휴게소, 그래봤자 서울-양양고속도로 구간에서 강원도 내 휴게소는 내린천휴게소와 홍천휴게소, 둘뿐이다. 먼저 홍천휴게소다. 양양고속도로가 개통된 것이 2017년이라 건물 역시 단정하고 깔끔한 편이다. 가장 먼저 달려가야 할 곳은 분식 코너. 열 맞춰 늘어선 핫바와 핫도그의 아름다운 자태를 보라. 호두과자는 천안에서만 환영받는 게 아니다. 여행 중 휴게소에서 즐기는 간식 쇼핑은 그 자체로 하나의 K-컬처다.

19년간의 제주살이에서 '육지의 고속도로를 달리고 싶다'던 로망은 사실 겉치레였고, 실상은 휴게소 금단 현상이었다. 한국인의 DNA에는 '휴게소 간식 애정 리보핵산' 같은 물질이 대를 이어 유전되고 있을 것이다. 참고로 서울 방향 홍천휴게소는 뜬금없게도 영화 〈파묘〉의 촬영지였다.

처음 들른 인제 내린천휴게소는 무겁지 않은 충격이었다. 도로 위에 떠 있으면서도 그렇지 않은 척 내숭을 떤다. 서울 방향 휴게소 주차장에서 보면 단출한 단층 건물인데, 양양 방향에선 평범한 건물 위에 전혀 다른 재질의 구조물이 얹혀 있는 모습이다. 경사면에 지어진 까닭이다.

내부로 진입해 에스컬레이터를 타면, 진입 방향에 따라 동선이 달라진다. 양양 방향에서는 위로 올라가고, 서울 방향에서는 내려가야 같은 공간에 이른다. 이 단순한 차이만으로도 휴게소의 공간은 입체적인 구조를 드러낸다. 사방을 둘러친 인제의 산들과 그 아래 적당히 작아 보이는 고속도로 위 자동차

▲ 서울-양양고속도로의 양양 방향 홍천휴게소.

▼ 양양 내린천휴게소.

들의 모습은 은근히 감동적이다.

휴게소를 나와 양양 방향으로 조금만 달리면 10,965미터라는 가공할 만한 길이의 터널 속으로 빨려 들어간다. 우리나라 고속도로 터널 중 최장인 인제양양터널이다. 시속 100킬로로 달려도 거의 7분을 굴속에 있어야 한다. 언젠가 서울에서 강릉으로 가는 길에 서울-양양고속도로의 시점과 종점 사이에 뚫린 모든 터널의 개수를 세어본 적이 있다. 내가 왜 그랬을까. 짧은 터널을 포함해 총 63개. 운전 중에 센 숫자라 오차가 있을 줄 알았는데 정말 63개가 맞다고 한다. 오랜만에 나 자신이 조금 대견스러웠다. 대견할 일이라곤 별로 없는 삶이다 보니 이런 사소한 것조차 다 대견스럽다. 이 정도 개수면 거의 터널형 고속도로라 불러도 무리는 없을 것이다. 산허리를 비정하게 관통한 흔적이 못내 안쓰럽다가도, 강원도 방문자들을 대거 분산시켜준 이 도로의 공이 크다는 것 또한 부정할 수 없다. 꽤나 이중적인 생각이다.

난 참 이해가 되지 않는다. 오래전부터 그랬다. 고속도로 휴게소에는 간식거리 말고도 휴게소를 휴게소답게 만들어주는 것들이 있기 마련이다. 먼저 들썩이는 트로트 모음곡의 향연. 저장 매체는 USB로 변신했지만, 쿵짝거리는 재래식 리듬만큼은 변함이 없다. 슈퍼스타로 등극한 트로트 가수들이 많아졌는데도 휴게소는 여전히 무명 가수들의 잔치판이다. 노래는 유명하고, 가수는 무명이다. 왠지 컴필레이션 앨범이 정규 앨범보다 한 수 위의 대접을 받는 것만 같다. 고속도로 휴게소니까. 심지어 '고속도로 트로트 메들리 100'은 수십 년간 휴게소 길보드 차트 1위를 빼앗긴 적이 없다.

정말 이해되지 않는 것은 휴게소 내 미니 서점의 큐레이션이다. 도대체 왜일까. 휴게소에서 파는 책들은 어째서 하나같이 자기계발서 아니면 부자가 되는 법, 주식 투자 성공기란 말인가. 속세의 때를 벗기려 '놀러' 가고, '쉬러' 가고, '힐링'하러 가는 게 아닌가? 그러니까 자기계발에, 주식 투자에 몰입하느라 지쳐버린 심신을 잠시 내려놓으려고 떠나는 것 아니냐는 말이다. 내가 휴게소 서점의 주인장이라면 나긋나긋한 힐링 에세이나 여행 서적을 매대에 올려놓을 텐데. 문제는, 당연할 것만 같은 이런 생각이 오판일 확률이 높다는 것이다. 서점 주인이 바보일 리 없지 않은가. 그동안 이것저것 매대에 올려봤지만 결국 팔리는 건 '실용' 장르였고, 사장님들은 그렇게 잘 팔리는 책들을 진열해놨을 뿐일 것이다.

개구리의 교훈일지도 모르겠다. 복잡하고 답답한 일상 속에서 잠시의 쉼을 재도약의 기회로 삼으려는 의지. 크게 움츠린 뒤 더 멀리 뛰려는 개구리의 각오 말이다. 지금의 상황은 만족스럽지 않지만, 이번 여행에서 찬찬히 읽고 배워 나 자신을 한 뼘 더 성장시키고야 말겠다는 다짐. 그래서 휴게소 서점에서는 자기계발서에 손이 가는 여행자가 많은지도 모르겠다. 물론 나는 절대 그런 여행자가 되지 못할 것이다.

양양에서 한계령으로 오르는 44번 국도.

내 있는 곳 무어라 부르건

방향을 거슬러 양양에서 44번 국도를 타고 서쪽으로 향한다. 초가을의 변색에 가슴이 뛴다. 초록 일색이던 강원의 산길에 불그스름한 포인트들이 보석처럼 박히기 시작한다. 영원할 것 같던 여름의 맹더위가 물러가고 나니 창문을 열고 달리는 것만으로도 축복이다.(왜 더위 앞에는 '맹猛'을 붙이지 않는지 모르겠다. 더위도 충분히 사납지 않은가.)

아직은 스산함이 감돌 정도의 날씨는 아니어서 고도와 쾌적함이 정비례한다. 고속도로의 단조로움을 벗어나 천상의 경치를 옆구리에 끼고 달릴 수 있으니, 국도변 한계령휴게소에는 이동 그 자체가 여행인 사람들로 가득하다. 사실 이곳은 강원 영동 북부인 속초나 고성을 향하는 여행객들에게 휴식의 성지가 된 지 오래다. 수도권에서 출발한 클래식 여행자들은 양평과 홍천을 거쳐 인제, 원통을 지나 구절양장의 정점에 있는 한계령휴게소에서 강원도 산악의 웅혼함을 먼저 흡수한 뒤 동해의 장쾌함을 맛보곤 했다. 강원도 여행길에도 레트로 명품이 있다면, 고속도로 대신 44번 국도로 이동하는 여정일 것이다.

휴게소에 도착해 노래 〈한계령〉을 흥얼거리려 했는데, 맘대로 되지 않는다. 신경이 곤두서 불편해 죽겠다. 각자의 이름을 불러주길 원하는 두 존재의 아우라가 간섭했기 때문이다.

오색령 표지석과 한계령 표지주다. 양양에서 인제 방향 휴

▲ 한계령휴게소.

▼◀ 양양 쪽 오색령 표지석.

▼▶ 인제 쪽 한계령 표지주.

게소의 입구에는 오색령이, 반대 방향의 입구에는 한계령이 표시돼 있다. 한 고개에 두 이름. 양쪽 군의 경계지인 휴게소에서 양양 땅엔 오색령을, 인제 땅엔 한계령이란 명칭을 각각 굳게 박아두었다.

지도를 검색하면 이 고개는 한계령이고 휴게소의 이름도 한계령으로 나타나므로 법정 명칭은 분명 한계령이다. 그렇다면 굳이 오색령을 내세우는 양양군의 입장은 무엇일까. 과거 영동 지역 사람들이 한양을 가기 위해 힘겹게 넘던 이 애환의 고개가 오색령으로 불렸고, 당시의 여러 기록과 자료에도 공식 명칭으로 등장한다는 것이다. 더구나 고개 바로 아래에 유명 관광 단지가 된 오색약수가 자리하고 있으니, 같은 지명으로 시너지 효과를 내려는 선택일 수도 있다.

이에 대해 인접한 인제군은 이렇게 반박한다. 조선시대에 만들어진 『해동지도』나 『대동지지』를 보면 한계령과 오색령이 별개의 지명으로 그려져 있고, 지도상 한계령의 위치가 지금의 위치와 정확히 일치한다는 것이다. 법정 지명 역시 한계령이니, 무엇이 올바른 이름인지 굳이 따져볼 필요가 없다는 입장이다. 한때 인제군이 양희은의 〈한계령〉 노래비 설치를 추진했다가 양양군의 반발로 무산된 일도 있었다고 한다. 한계령휴게소 부지 대부분이 양양군의 땅이어서 허락을 받지 못했다는 것이다. 양양군 소유의 땅이 그렇게 넓다면 앞으로도 이런 공방이 또 생길 법하다. 난 모르겠다. 그 자리에 선 고갯마루는 그저 묵묵히 굳건할 뿐이다. 자신을 무엇이라 부르든 상관없다는 얼굴로.

　기초자치단체 간의 경계가 아닌 국가와 국가 간의 경계라면 긴장감이 사뭇 높아진다. 프랑스와 스페인의 서쪽 끝 국경, 북부 바스크 지방에는 애교스러울 정도로 작은 섬이 비다소아 강Bidasoa River 한가운데에 놓여 있다. 이름하여 '꿩섬'. 정말 꿩이 많이 살고 있는지는 모르겠다. 길이 2백 미터에 폭은 40미터 남짓. 섬의 중심에서 강변까지 엎어지면 코 닿을 거리니 그야말로 만만한 섬이다. 하지만 이 섬에서 중요한 것은 크기가 아니라 소유다. 대서양으로 흘러가는 강 자체가 국경선인 셈인데, 그 강 한가운데에 떡하니 자리 잡고 있으니 난감한 형국이다. 과연 어느 나라의 땅일까?

　정답은 뜻밖에도 재미있다. 이 섬의 소유권은 6개월마다 바뀐다. 매년 2월부터 7월까지는 스페인이, 8월에서 이듬해 1월까지는 프랑스가 다스린다. 무려 360년 이상 이어져온 약속이다. 이렇게 평화적이고도 느긋한 '땅따먹기'가 또 있을까.

　먼 옛날에도 이 섬은 누구의 소유인지 불분명했다고 한다. 역사적으로 불분명한 경계는 대개 분쟁의 불씨가 됐지만, 이곳만큼은 예외였다. 폭이 좁은 강을 두 갈래로 가르는 이 작은 섬은 분리의 상징이 아니라 화합의 장소였다. 프랑스와 스페인 왕실 간의 혼인이 있을 때 신부를 상대국에 처음으로 소개한 곳이 바로 여기였다고 한다. 역사는 언제나 부침을 겪는 법. 30년 전쟁으로 치열하게 맞섰던 두 나라가 전후 협상을 마무리한 장소 역시 이곳이었다는 사실이 차라리 자연스럽게 느껴진다.

각자의 소유 기간에는 각자의 의무가 따른다. 2월부터 6개월간 스페인은 무인도인 꿩섬의 치안을 맡아 불법 야영객을 단속하고, 이후 반년 동안 소유권을 넘겨받은 프랑스는 잔디와 수목을 깔끔하게 관리한다. 내 나라의 일도 아닌데 이상하게 마음이 놓인다. 준 것 하나 없는데도 기특하다. 이런 경계라면 오래 남아도 좋지 않을까.

한쪽엔 오색령이, 반대편엔 한계령이 있다 해서 무엇이 문제일까. 어느 하나도 포기하기 아까운 이름이다. 발음마저 알록달록한 오색에서는 태백산맥 청정 약수의 효능이 떠오르고, 차가운 시냇물을 뜻하는 한계寒溪에서는 강원도 자연의 냉정하고 맑은 시원始原이 연상된다. 스페인과 프랑스처럼 굳이 소유권을 나누어 가질 필요는 없을 것이다. 덩어리로 놓인 봉우리 어디에도 칼로 그은 듯한 단면이 있을 리 없다. 인접 지자체의 매력을 서로 인정하면 그만이다. 굳이 방법을 찾자면, 일 년에 하루쯤은 서로의 매력을 뽐내는 약속 대련을 하자. 오색으로 한계를 물들이는 날, 한계령휴게소 앞마당에서 소소하게 열리는 작은 축제. 인제와 양양이 뭉근하게 이어지는 풍경 말이다.

자, 오색리에서도, 한계리에서도 다들 올라오시라.

경호와 경포호, 내키는 대로 부르면 될 일이다. 한계령이든 오색령이든 무슨 상관인가.

눈치를 보며 어느 한 편도 들지 못하는 비겁함이 내 안에 도사리고 있는 건가 싶어 자아비판을 해보지만, 둘 다 좋은 걸 어찌하겠는가. 강원도의 자연과 어우러지는 지명을 이야기할 때면 양비론보다는 양시론兩是論으로 기울 수밖에 없다.

다만 건축물로서의 한계령휴게소는 가볍지 않다. 1979년에 지어진 이 휴게소는, 김중업과 함께 우리나라 1세대 대표 건축가로 꼽히는 김수근의 작품이다. 나무의 따뜻함이 여행객을 감싸는 듯 보이지만, 자비 없는 강원도의 겨울 날씨를 감안해 뼈대는 철골로 지었다. 넉넉하게 뽑은 데크는 멀리 칠형제봉을 조망하기에 완벽하다.

50년을 향해 가는 한계령휴게소는 한 번도 시대에 뒤처진 적이 없다. 명장의 고뇌가 해발 920미터, 태백산맥의 준령 위에 견고하게 박혀 있다. 김수근이 누구인가. 서울 목동의 도시 계획을 세웠고, IT 산업의 씨앗이자 호기심 천국의 성채와 같았던 세운상가가 그의 작품이다. 서울올림픽 주경기장 또한 그의 수많은 포트폴리오 가운데 하나다. 권력층과 제도권, 대기업들과의 밀접한 관계를 두고 비판도 있지만, 적어도 한계령휴게소만큼은 소수 엘리트만을 위한 건축이 아니었음이 분명하다.

이것은 별장인가 휴게소인가

산에서 급강하해 바다로 간다. 이제 마지막이다. 태백산맥 숲의 큰 숨을 품은 한계령휴게소는 1983년 한국건축가협회상을 받았고, 동해 파도의 야성과 정면으로 맞닥뜨린 옥계휴게소는 2005년 한국건축문화대상 우수상을 수상했다. 바다와 맞닿은 모든 휴게소를 다 가보지 못했으므로 단언할 수는 없지만, 바다를 조망하기에 우리나라에서 가장 이상적인 휴게소일 가능성은 충분하다.

옥계휴게소는 동해고속도로 상행선인 속초 방향에서도 명당에 자리 잡고 있다. 길 건너 하행선 쪽 휴게소의 이름은 동해휴게소다. 보통 양쪽에 마주 선 두 휴게소는 같은 이름을 쓰지만, 이곳은 예외다. 이유를 알고 나면 명칭을 통일하라는 말을 꺼내기 어렵다. 강릉과 동해의 경계가 이 부근을 지나는데, 상행선 쪽 휴게소는 강릉시에, 반대편 휴게소는 동해시 땅에 속해 있기 때문이다. 사진 속 휴게소는 강릉시 옥계면에 속한다. 아슬아슬한 경계지만, 지명 앞에서는 추호의 타협도 허락되지 않는다.

강원도는 아름답다. 휴게소마저 그렇다. 경유지로서가 아닌 목적지로서의 휴게소는 어떨까. 신분 상승을 이룬 휴게소들은 기뻐할 테고, 우리의 여행은 적어도 배가 고프지 않을 것이다.

옥계휴게소.

그래도
봄날은 1

주위의 풍경은 그다지 변한 게 없다. 차들이 달리던 방송국 앞쪽 경사로가 사람들만 오갈 수 있도록 판석을 깐 길로 바뀌었다는 것 정도다. 덕분에 위세 당당하던 관아와 그 터가 되살아났고, 일터 바로 아래에는 널찍한 앞마당이 생겼다. 그러니까 '그다지 변한 것이 없다'는 말은 약간의 변신으로 쾌적한 환경을 선물 받았다는 뜻이고, 동시에 이곳이 쇠락과 희망이 뒤섞인 상태로 남아 있다는 의미이기도 하다. 20년 가까운 시간 동안 건물들은 보살핌을 받지 못한 채 낡아갔고, 사람들은 하나둘 신시가지의 아파트 단지로 옮겨 갔다. 그러는 사이 고즈넉한 동네의 분위기를 알아본 외지의 청년들이 거꾸로 그 빈자리를 채우기 시작했다.

지방의 중소 도시들이 대개 그렇듯, 강릉의 구도심도 소멸을 걱정하는 동시에 부활을 꿈꾸고 있다. 나는 그런 강릉의 구도심을 사랑한다.

역전의 용사들

2021년 가을, 인적 드문 강릉 대도호부 관아 터에 모처럼 사람들이 몰렸다. 3회째를 맞은 강릉국제영화제가 가장 심혈을 기울인 이벤트, 영화 〈봄날은 간다〉 개봉 20주년 특별 상영회 및 토크 콘서트가 열렸기 때문이다. 귤빛 하늘의 스펙트럼이 보라색으로 파장을 바꾸는 시간이 꿈만 같다.

역전의 용사들이 한자리에 뭉쳤다. 허진호 감독, 유지태 배우, 조성우 음악감독, 그리고 영상으로 함께한 이영애 배우까지. 촬영 현장이었던 이곳에 다시 모인 소회가 각별하다는 제작진과 지난 20년 동안 이 작품이 그들 각자에게 어떤 의미였는지를 묻는 관객들은 같은 구름을 타고 밤하늘을 날아가고 있었다.

그날 밤 영화제의 유일한 아쉬움은 팬데믹이라는 현실이었다. 코로나의 손아귀가 전 세계를 움켜쥐고 있는 때여서 출연진도 관객도 마스크 속에 표정을 숨길 수밖에 없었다. 결계를 풀고 추억을 맘껏 나눌 수 있는, 완벽한 보건 안전의 어느 날에

▲ 〈봄날은 간다〉 20주년 상영회가 열린 강릉 대도호부 관아 터.

▼ 토크 콘서트 현장.

다시 만나기를 소망한 시간이었다.

언제 보고 들어도 화수분처럼 감동이 솟구치는 영화가 있고, 소설이 있고, 음악이 있다. 우리는 그래서 인생 영화, 인생 소설이라는 말을 한다. 문제는 다양한 작품만큼이나 취향도 제각기라는 사실이다. 나와 똑같은 감동을 받을 거라 확신하며 내 인생 작품을 타인에게 강요하는 건 그래서 조심스러울 수밖에 없다. 그저 권유하는 정도가 가장 자연스럽다.

다행히 〈봄날은 간다〉는 대중적으로도 널리 알려진 작품이어서 권하기가 비교적 수월하다. 더구나 영화 속에 나오는 강원도의 속살은 매력 만점이다. 로케이션만 따라가도 훌륭한 패키지 여행의 코스가 된다. 이 책의 마지막 두 꼭지에서는 강원 영동의 산과 바다, 그리고 도시를 별자리처럼 잇는 여정을 따라가 보려 한다. 〈봄날을 간다〉의 팬이 아니더라도 권하고 싶은 충동이 들썩인다.

대숲의 떨림

영화 초반에 나오는 대숲은 삼척이다. 사운드 엔지니어인 상우(유지태)와 지방 방송 아나운서 겸 피디인 은수(이영애)는 강원도의 소리를 담는 라디오 프로그램을 제작하기 위해 만난 사이다. 순한 비즈니스 관계, 그 정도라고 할까. 대나무 숲속의 소리가 강원도라고 해서 별다를 건 없겠지만, 지역을 막론하고 댓잎의 합창은 심장을 간질인다. 소리 특집의 시작을 파르르 떨리는 댓잎들의 군무로 결정한 건 대단히 현명한 선택이었다.

이 대숲은 은수와 상우의 교감이 시작되는 공간이기도 하다. 이제는 보기 힘든 장비가 된 릴 테이프의 회전은 대숲이라는 공연장의 화음을 담아내기에 더없이 적절한 원운동이다. 녹음 과정에서 불가피하게 섞여든 잡음은 차라리 코러스다. 이곳에서 발설이 허용되는 존재는 오직 흔들리는 댓잎뿐이다. 강원의 소리를 함께 채집하는 은수와 상우는 어느새 그 소리에 공명하는 반사체가 되어간다.

산비탈 위에는 대숲이 있고, 그 아래로는 영화에서 두 사람이 고봉밥을 대접받았던 강화순 할머니의 집이 내려다보인다. 할머니는 영화에서 은수의 물음에 일흔둘이라고 나이를 밝히셨는데, 살아 계신다면 이제 백 세에 가까운 연세일 것이다. 그저 집 안에서 평안히 지내고 계시리라 믿어본다.

풍경 속에 자연스레 녹아든 집은 이후 리모델링 작업을 거쳤다. 영화 속 장면만으로 이곳을 찾아내기란 쉽지 않다. 주소는 삼척시 근덕면 동막리. 너무도 평범하고 한적한 농촌이다. 지금은 대숲이 관리되지 않아 안으로 들어가기도 어렵다. 할머니의 집으로 이어지는 밭둑길을 걷는 것만으로도 이 장면의 낭만은 충분하다.

영화 속 강화순 할머니의 집으로 향하는 길.
할머니의 집 뒤쪽으로 돌아가면 넓지 않은 대숲이 있다.

표표한 것은 눈이고 풍경風磬이라

대숲 촬영지에서 지척에 영상미가 돋보였던 사찰이 있다. 신흥사다. 강원도에서 가장 널리 알려진 신흥사는 자장율사가 창건한 조계종 제3교구 본사인 설악산 신흥사지만, 영화 속 소슬한 풍경의 사찰 이름 역시 신흥사다. 삼척 신흥사는 대한불교 조계종 제4교구 월정사의 말사로, 강릉단오제의 주신인 바로 그 범일국사가 창건한 절이다.

태백산 자락에 자리하고 있지만 첩첩산중을 오르는 수고는 필요 없다. 평탄한 포장도로를 따라가다 돌다리를 건너면 곧장 사찰 주차장으로 이어진다. 이토록 탁월한 접근성에도 한결같이 소박한 분위기를 잃지 않은 점이 신흥사만의 매력이다.

학이 내려앉았다는 뜻을 가진 초입의 학소루를 지나면 정면에 대웅전이 들어서 있고, 좌우로 설선당과 심검당이 직각으로 배치돼 있다. 말씀으로 선을 닦는 설선당說禪堂은 불제자들의 교육 공간이고, 진리의 검을 찾아 정진하는 심검당尋劍堂은 주지가 머무는 곳이다. 설선당은 조선 영조 47년인 1771년에, 심검당은 현종 15년인 1674년에 지어졌으며 두 건물 모두 여러 차례 중수를 거쳤다.

건물 자체의 가치도 귀하지만, 넓지 않은 대지에 맞춤한 자리를 찾아 들어선 부속 건물들의 배치가 유독 사랑스럽다. 대형 사찰의 규모와 위엄이 부담스럽다면, 손을 잡아끌어 오고

▲ 정면의 대웅전과 좌우로 설선당, 심검당이 들어선 삼척 신흥사.

▼ 영화에서 은수가 꿀잠에 든 설선당.

싶어지는 공간이다. 신흥사 대웅전에서는 풍경 소리를 꼭 들어 보길 권한다. 은수는 설선당에서 꿀잠을 잤고, 상우와 은수는 대웅전 앞에 나란히 앉아 소리를 거둬들였다.

사찰의 소리를 포착하는 데 반나절이 걸렸다. 깜빡 잠이 든 은수와 달리, 상우는 계절의 공기가 불현듯 몰고 온 금쪽같은 소리를 예민한 감각으로 붙잡고 있다. 첫 만남부터 은수는 유달리 잠이 많다. 지역 방송국의 아나운서 겸 PD라면 그럴 수 있다. 프로그램 제작에, 진행에, 각종 행정 업무에… 난 백퍼센트 이해한다.

맹수 같지 않은 바람이다. 대웅전의 풍경風磬이 풍경다운 간격으로 울릴 수 있도록 봄날처럼 불어주는 겨울바람이다. 사운드 엔지니어의 손길을 거치지 않아도 소리는 알맞은 부드러움으로 테이프 위에 내려앉는다. 그 배경에는 표표히 내리는 눈이 있다. 육각의 결정으로 이루어진 눈은 육각형으로 뻗은 가지 사이의 공간으로 소리를 흡수한다고 하지 않던가. 놀라운 능력이다. 그래서일 것이다. 예쁘게 눈이 내리는 날엔 사방이 고요해진다. 들리는 소리라고는 눈이 쌓이는 기척뿐이다. 상우와 은수는 대숲의 사각거림을 들었고, 차가운 공기 속에 섞인 따스한 눈의 소리를 들었다.

이젠, 사랑해도 되겠다.

은수의 아파트

영화에서 강릉으로 나오는 은수의 집은 사실 동해시의 언덕에 서 있는 삼본아파트다. 굳이 주거 단지를 여정에 포함한건 이 아파트가 논골담길과도 가까우니 온 김에 둘 다 보자는 속셈이고, 무엇보다 "라면 먹을래요?"라는 무시무시한 대사가 내뱉어진 역사의 현장이기 때문이다. 더구나 아파트 주변에서 바라보는 동해는 장관이다. 푸른 바다를 향해 있는 은수의 보금자리는 상우에게 분명한 청신호를 보냈다. 훗날 닥쳐올 반전의 운명 따위는 아직 중요하지 않았다.

고백과 차임의 성지가 된 이 아파트는 영화 개봉 이후 제법 유명세를 치르고 있다. 사진을 찍으러 간 날에도 은수의 집을 찾은 젊은 커플을 마주쳤을 정도였으니까. 영화 촬영지를 소개하는 블로그 등을 통해 이미 알려진 곳이라 나 역시 과감한 척소개하고 있지만, 입주민들에게 폐를 끼칠 수도 있어 조심스러워진다. 사진으로만 벅참을 지그시 눌러 담고 돌아서면 좋겠다. 라면 먹고 잠든 은수는 영화 속에 그대로 남겨두자.

대숲과 사찰에서 채집된 자연의 소리는 은수의 아파트에 이르러 연인의 속삭임으로 열매를 맺는다. 남남일 수밖에 없던 두 사람은 각자의 개별 공간에서 은밀하기 그지없는 합일의 둥지로 순간 이동하듯 스며든다. 소리는 그렇게 의미가 된다.

영화에서 은수의 집이었던 동해시 삼본아파트.

인간이 눈으로 인식하는 모든 광경은 분절된 이미지의 연속이다. 끊김 없는 동영상이란 애초에 존재하지 않는다. 시신경과 뇌가 망막에 맺힌 수많은 장면을 이어 붙인 결과가 우리가 '본다'고 믿는 세계일 뿐이다. 그러니까 우리의 눈은 성능 좋은 영사기이고, 우리의 삶은 곧 한 편의 영화인 것이다. 감춰진 강원도의 컷과 컷은 각자의 인생 영화를 편집하기에 부족함이 없다. 넷플릭스의 신작보다 나의 강원도 주유周遊가 몹시 기대되는 이유다.

내가 권하고 싶은 것은 어떤 특정한 코스가 아니라 당신이 직조해 나갈 여행이다. 굳이 유명한 작품의 배경일 필요도 없다. 타인의 그림자가 끼어들 틈 없는, 나만의 구슬을 하나씩 꿰어 가는 과정이면 충분하다. 저마다의 영화를 완성하기 위해 여행을 떠나기 전, 상우와 은수의 남은 여정을 마저 돌아보자. 빛나는 강원의 실체가 그 안에 고스란히 담겨 있다.

그래도
봄날은 2

두 번째 기행에 앞서, 마땅히 그래야 할 것 같아 경의를 표한다. 강원도의 산하와 사람에 이토록 깊이 몰입할 수 있었던 것은 영화 속 음악이 없었다면 불가능했을 것이다. 경의에 더해 찬사를 보낸다. 사랑과 여행의 끝에는 선율이 남고, 그래서 사랑과 여행을 다시 더듬는 순간마다 시간의 예술인 음악은 그림자처럼 따라붙는다. 자연의 소리와 인간의 음성이 한 지점에서 변곡을 이루는 이 영화는 사랑이기도 하고 여행이기도 하다.

이제 마지막 여정의 발걸음을 뗀다.

국가 대표 모자^{母子}의 산실

상우의 이상향이 되어버린 은수의 고장이 강릉으로 소개되지만, 영화 속에서 펼쳐지는 강릉의 풍경은 사실 많지 않다. KBS 강릉방송국과 그 주변의 구도심, 그리고 오죽헌이 전부다. 역사가 만들어낸 전통의 명소 오죽헌쯤은 들러야 은수도 강릉 가이드의 역할을 제대로 수행하는 셈일 것이다.

간질간질한 썸의 나라에서 안도하는 연인의 세계로 옮겨온 남녀는 강릉의 대표 관광지에서 비로소 완전한 한 쌍이 된다. 그래서 그런가, 오늘따라 오죽헌은 유난히 정제되고 조화로운 모습으로 다가온다.

두 사람이 걸었던 배경에는 단정한 '자경문^{自警門}'이 서 있다. 율곡 이이가 태어난 오죽헌 몽룡실로 들어서려면, 스스로를 경계하는 마음가짐쯤은 당연한 예의처럼 느껴진다. 강릉 시내에서 경포해수욕장으로 나가는 길목에 자리한 오죽헌은 언제나 넉넉하다. 무한한 세계로 뻗어나가고자 했으나, 시대의 질곡에 가로막혔던 신사임당의 고통이 녹아 있고, 조선의 천재 유학자로 왕조의 이론을 선도했던 이이의 치열한 정신이 서린 공간임에도 이제는 더 이상 숨 막히는 긴장은 없다. 오죽^{烏竹}은 유려하고 발길은 안온하다. 이곳을 거닐며 굳이 죄책감을 가질 필요는 없을 것이다. 선인의 출생 터에서 아늑한 미소를 띠고 걷는 일이 곧 그들을 추앙하는 방식이 아니라면 무엇이겠는가.

오죽헌의 입구인 자경문.

흔치 않게 같은 공간에서 출생한 어머니와 아들은 대를 이어 화폐의 얼굴이 되는 경사를 누렸다. 먼저 데뷔한 아들이 무색하게도, 어머니 신사임당은 아들보다 열 배 높은 액면가의 모델이 되었다. 이 사실을 생전에 알았다면, 아들을 툭 치면서 "오만 원권 모델은 네가 하고, 난 오천 원권이면 더 바랄 게 없구나"라고 말하지 않았을까. 결제 방식이 진화를 거듭하며 두 분의 얼굴을 자주 마주할 기회가 줄어든 점은 못내 아쉽다. 전무후무한 이 모자母子 화폐 모델의 위엄은 경내의 화폐박물관에서도 확인할 수 있다. 한국은행에도, 시민 무료입장을 허락한 강릉시에도 감사한다. 나는 강릉 시민이거든요.

다시 아우라지

운전을 해서 이동할 경우, 강릉에서 정선으로 가는 길에는 두 가지 선택지가 있다. 영동고속도로를 서울 방향으로 달리다 진부 IC에서 빠지는 길, 그리고 35번 국도를 타고 임계 방향으로 고개를 넘어 여량 쪽으로 향하는 길이다. 소요 시간에는 별 차이가 없다. 그렇다면 삽당령만 조심히 넘어 국도로 가는 여정을 추천하고 싶다. 강원 남부의 산과 마을, 하천이 파노라마처럼 펼쳐지며 황금비율로 어우러지는 길이다. 오봉저수지의 넉넉함을 품고 달리다 보면, 도마천이 흐르는 한적한 왕산 한옥

마을이 모습을 드러낸다. 이어 정선의 관문인 임계면의 아늑한 분위기를 지나고 나면, 너그니재의 굴곡이 덩실거린다. 웅혼한 강원의 산맥은 고도가 높아질수록 병풍이 돼 주위를 둘러친다.

경치를 충분히 흡수한 뒤 여량의 아우라지에서 차를 내린다. 이미 다녀온 곳이다. 그러나 여량엔 김지하의 한 많은 이름만 서려 있는 게 아니다. 송천과 골지천의 결이 한없이 부드럽고, 강물과 돌이 부딪치며 내는 소리는 풍성하다. 남녀의 소리 채집은 이 아우라지에서도 계속된다.

그런데 이상하다. 자연의 소리를 사랑의 속삭임으로 나누어 담던 두 사람인데, 강물 앞에서 남자는 여전히 소리를 모으지만 여자는 흥얼거리며 소리를 낸다. 남자는 여자의 소리가 좋아 마이크를 그녀 쪽으로 돌리지만, 여자는 허밍에만 집중할 뿐이다. 핑크빛으로 바라보면 유려한 사랑의 장면이지만, 회색의 안경을 쓰고 보면 균열이 시작되는 엇박자의 조짐처럼 보이기도 한다.

아우라지의 위세는 폭력적이지도 무력하지도 않다. 장마철이 아니고서는 거세게 내달리지 않는다. 그렇다고 한갓 개천들이 감히 흉내 낼 수 있는 흐름도 아니다. 두 물줄기가 합쳐 이루는 폭넓은 안단테는 차분하면서도 장중하다. 정선의 자연은 굳이 설명하지 않아도 스스로 증명한다.

청력이 뛰어난 동물이 많다는 건 알고 있었지만, 소리를 듣

아우라지의 장중한 물결.

는 식물이 있다는 사실에는 적잖이 놀랐다. 해변달맞이꽃이라는 종은 벌과 같은 꽃가루받이 곤충의 날갯짓 소리를 나팔형 꽃잎으로 증폭시켜 꿀 속의 당분 농도를 높인다고 한다. 생명의 신비란 늘 이렇게 예상을 벗어난다. 해변달맞이꽃에게 소리는 유혹이고 사랑이며, 생명을 잇는 하나의 언어다. 적어도 지금까지의 여정에서 상우는 꽃이었고 은수는 벌이었다.

맹렬해서, 맹방이여

해가 뜨는 방향으로 내려간다. 서쪽으로 지는 해가 길게 그림자를 던진다. 신흥사와도, 대숲과도 멀지 않은 곳이다. 고매한 산사의 코앞에서 광대한 대양이 번쩍 하고 나타날 줄이야. 강원도 동해안을 따라 늘어선 해수욕장이나 해변이 대개 이런 감성을 품고 있지만, 동해시의 망상이나 삼척시의 맹방은 특히나 압도적이다.

경포해수욕장처럼 사계절 내내 관광객들로 뒤덮이지 않는 해변이라는 점도 한몫하겠지만, 뻗어가는 백사장의 기세와 가릴 것 없는 주위 환경이 맹방의 장쾌함을 빚어낸다. 사납게 주름 잡힌 파도의 포말을 보아도 계절을 직감할 수 있다. 겨울의 맹방은 맹렬하고 방대한 엄혹함 그 자체다. 도대체 얼마나 많은 사람들이 몰려와야 이 해변이 떠들썩해질까. 지금 기분으로는 전 국민이 비치 타월을 깔고 앉더라도 빈 공간이 수두룩할 것만 같다. 겨울의 맹방해수욕장은 함부로 올 곳이 아닌 건지, 벅차오르거나 극심한 통증을 느끼거나 둘 중 하나다. '그저 그렇네' 하고 돌아설 수 없는 공간이다.

하지만 우리나라의 마지막 화력 발전소가 배후에 자리 잡고 있다는 사실은, 이 해변의 장쾌한 풍경과 맞물려 오히려 불안을 증식시킨다. 거칠 것 없는 환경에 흠집이라도 잡히지 않을까, 가슴 한구석이 둔중해진다. 숨김없이 통렬한 맹방의 감성은 과연 이 순도를 그대로 유지할 수 있을 것인가.

이젠 다르다. 판이 바뀌었다. 안단테로 흐르던 강물은 거칠 것 없는 동해의 파도로 스며들었다. 은수의 태도가 미묘하게 달라졌음을 감지한 상우는 앞날이 순탄치 않으리라고 직감한다. 거인처럼 솟구치는 파도 앞에서 상우의 불안은 증폭되고 은수는 오히려 가라앉는다. 바닷속 어딘가에 내려진 묵직한 닻처럼. 이제 수음기를 타고 들어오는 소리에는 더 이상 선율이 없다. 서쪽이나 남쪽의 바다였다면 이렇게까지 광포한 궤적을 그리지는 않을 것이다. 강원도의 산과 바다는 누구에게도 사정을 봐주지 않는다. 공평하게 야성의 민낯을 던질 뿐이다.

상우는 꽃이고 은수는 벌이라 했었다. 벌의 날갯짓을 양분 삼아 살던 남자는, 여자의 침묵이 몹시도 당황스럽다. 발화자를 잃은 수용자는 외롭다. 하늘에는 회색 장막이 드리워지고 바다에는 폭풍 전야의 너울이 일렁인다. 이럴 때 동해는 덧내기의

삼척 맹방해수욕장.

일인자다. 아물지 않은 상처를 후벼 파 속살을 들추어낸다. 때
로는 어루만지는 것보다 뛰어난 처방일지도 모른다. 기쁨은 과
감히 부풀리고, 아픔은 끝까지 밀어붙이는 바다. 동해는 그런
존재다. 누구든 그 앞에서는 마음을 숨길 수 없다.

억수장마 질라나

　　다시 정선이다. 이미 서로를 향한 초점이 어긋난 상우와 은
수가 노부부의 〈정선 아리랑〉을 소리로 남기기 위해 이곳을 찾
아간다. 고조할아버지처럼 떡하니 버티고 있는 고목이 마을의
이름이 된 '보호수 마을', 정선군 남면 유평리다. 7백 년을 훌쩍
넘긴 느릅나무 아래에는 영화 촬영 당시엔 없었을 법한 평상이
놓여 있고, 〈봄날은 간다〉의 촬영지였음을 알리는 안내판이 서
있다. 세월이 더 흐른 뒤, 은수와 상우가 이 평상에 나란히 앉아
옛일을 나눈다면 어떨까.

　　눈이 올라나 비가 올라나 억수장마 질라나
　　만수산 검은 구름이 막 모여든다.

— '수심' 편

　　떨어진 동박은 낙엽에나 싸이지

잠시잠간 임 그리워서 나는 못살겠네.

— '애정'편

〈정선 아리랑〉은 분명 지금도 살아 있는 노래다.

보호수 마을로 꼬불꼬불 올라가는 길은 그리 길지 않지만, 눈이 내린 직후라면 꽤나 위험할 것이다. 산맥이 이어지고 또 끊어져 얼핏 보면 다 같은 강원도 산골 같아 보여도 정선군 각 읍면이 풍기는 이미지는 직관적으로 제각각이다. 임계면이 소탈하다면 화암면은 웅장하고, 여량면에 빛이 쏟아진다면 남면은 평화롭다. 인간이 나눈 지리적 경계가 땅의 기운을 만들어냈을 리는 없을 텐데, 강산이 부여받은 이름에 맞춰 스스로의 실루엣을 만들어가는지도 모르겠다. 정선은 감상을 놓을 겨를을 좀처럼 주지 않는 땅이다.

봄날은 강원도

2000년 여름의 매 주말, KBS 강릉방송국은 영화 촬영 현장으로 둔갑했다. 구슬땀을 흘리는 촬영 스태프와 연기자들이 사무실에 가득했고, 나는 카메라 앵글에 걸리지 않도록 책상 한쪽으로 몸을 최대한 밀착한 채 주말 뉴스 준비를 해야 했

정선 보호수 마을. 영화 촬영지였음을 알리는 안내판이 세워져 있다.

다. 촬영 당시에는 무슨 내용의, 어떤 장르의 영화인지 알 수 없었지만, 여자 주인공이 지방 방송국 아나운서 역할을 맡았다는 소식에 괜스레 게 편이 된 가재처럼 마음이 기울었다.

안목 자판기 외에는 변변한 유명세가 없던 강릉 커피 산업의 선사 시대였으므로, 그 무렵 유일하게 일품인 것은 커피믹스뿐이었다. 5분 뉴스를 마치고 종이컵에 밀크커피를 담아 현관 밖으로 나갔을 때, 촬영도 잠시 쉬어가는지 영화 속의 빼어난 아나운서 겸 PD가 같은 종이컵을 들고 서 있었다. 수수한 옷차림의 단발머리 배우는 마치 이곳이 정말 그녀의 직장인 것처럼 휴식마저 연기로 만들고 있었다. 현실 속 투박한 아나운서 겸 PD는 한마디 인사조차 건네지 못했지만, 그 차분한 침묵이 싫지 않았다. 그리고 시간이 한참 흐른 뒤 영화의 장면을 따라 강원도 기행을 권하게 되리라곤 그때는 감히 상상하지 못했다.

"어떻게 사랑이 변하니?"

무너져 내린 상우가 이별의 중상을 극복하고 스스로를 치유해가는 결말은 우리 자신의 한 시절과 다르지 않다.

결국 영화는 소리가 이끌어갔다. 주인공들의 직업이 그랬고, 그들이 채집한 소리는 사람과 사람을 넘어 사람과 자연이 서로 호응하는 방식을 풀어냈다. 영화의 끝에서 갈대밭 한복판에 선 상우의 미소는 바람에 실려 온 무수한 소리 덕분이었다.

지휘자 다니엘 바렌보임은 소리가 침묵과 불가분의 관계에

KBS 강릉방송국.

있으며, 음악은 첫 음에서 시작되는 게 아니라 침묵에서 비롯
된다고 말했다. 사찰의 풍경 소리는 간격이 있어야 하고, 사랑
의 속삭임 역시 침묵의 포즈를 거칠 때 더욱 아름다워진다. 소
리는 상처를 실어 오기도 하지만, 상처 위에 바르는 연고가 되
기도 한다. 영화 속 상우의 직업이 사진가가 아니라 소리 채집
전문가였던 것이 강원도의 성정을 온전히 담아내는 데 결정적
이지 않았을까.

품속에 안긴 강원도는 쉽게 알아차리기 어렵다. 그래서 영
화는 한 발짝 떨어진 곳에서 강원도를 바라보게 한다. 마치 삼
인칭 시점으로 관찰하듯이. 사랑을 시작한 곳도, 상처를 받을
곳도, 결국 위로를 받은 곳도 강원도였음을.

이제 다시, 봄은 머지않았다.

영화 〈봄날은 간다〉 강원도 촬영지 기행 추천 코스 (강릉 출발 기준)

- **시계 방향**　KBS 강릉방송국과 주변 — 오죽헌 — 동해 삼본아파트 — 삼척 맹방해수욕장 — 삼척 신흥사(대숲) — 정선 보호수 마을 — 정선 아우라지

- **반시계 방향**　오죽헌 — KBS 강릉방송국과 주변 — 정선 아우라지 — 정선 보호수 마을 — 삼척 신흥사(대숲) — 삼척 맹방해수욕장 — 동해 삼본아파트

여행의 끝에서

짐을 내려놓았다.

채무자로 살아오던 묵직함은 이로써 끝난 것일까. 폐 속 깊이 들어와 맑은 호흡을 가능하게 해주던 강원의 공기와, 심장 안쪽까지 파고들어 삶을 요동치게 했던 강원의 이야기들은 나에 대해 충분한 자격을 갖춘 채권자였다.

머물러 살아보면 어떨까 설렜던 곳도, 여행자가 아닌 생활인이 되어 주민등록상의 주소가 익숙해질 즈음이면 대개 가슴에 와닿지 않는 게 보통이다. 환호하는 관광객들 사이에서 땅만 내려다보고 걷고 있는 나를 발견하는 순간, 사랑한다며 집적거리다 끝내 연인에게 둔감해진 못난 녀석이 떠오른다.

그럴 때면 눈을 감는다. 내게 태백의 겨울밤은 무엇이었지? 강릉의 골목길에서 느꼈던 그 사랑스러운 감정은? 속초에서, 영월에서, 정선에서 함께해준 보물 같은 사람들은 내 삶에 어떤 의미였을까.

그렇게 강원도는 다시 벅참으로 돌아온다. '벅차다'라는 말은 희한하다. 감당하기 어려운 부담을 뜻하기도 하고, 감격으로 더없이 가슴이 웅장해지는 상태를 가리키기도 한다. 그러나 이 두 가지 뜻은 어쩌면 일맥상통한다. 태백산맥의 감동이 과한 탓에 경치가 오히려 겁박으로 다가오는 것도, 동해의 파도가 위압적으로 밀려들다 갑자기 눈물샘을 건드리는 것도 모두 벅차서 벅찬 순간이기 때문이다. 벅차서 벅찬 곳이 좋다. 그게 강원이다.

일부러 그런 건 아닌데 소름이 끼친다. 제주를 그리워하며 책으로 엮을 때 탈고한 곳은 강원도였는데, 강원도에 대한 글의 마침표를 찍고 있는 지금 이곳은 제주다. 원고를 마무리하기 위해 제주로 온 것도 아니어서 혼자 괜히 신기해하고 있다. 눈앞에는 사계리 바다 위에 형제섬이 떠 있고, 좌우의 빨간 등대와 송악산 자락은 비바람 탓인지 희뿌연 장막 뒤로 물러나 있다.

제주는 강원의 직선을 그리게 하고, 강원은 제주의 곡선에 목마르게 만든다. 우주를 설계한 존재는 자와 컴퍼스만 있으면 충분했다고 하지 않던가. 강원과 제주는 스스로 직각자와 컴퍼스가 되어, 이 국토의 성정을 다듬고 여행자의 심성을 번갈아

흔든다.

　지극히 현실적인 생활인으로 살아오며, 삶이 강원도에 빚진 것 같은 마음이 퇴근 후를 괴롭게 했다. 때로는 괴로움이 해결의 실마리가 되기도 한다. 문장을 하나 보태면, 그 괴로움은 한 줌씩 덜어졌다. 문장들은 벽돌이 되어 집 한 채를 세웠고, 그렇게 나는 채무에서 벗어날 수 있었다. 이제 남은 문제는 그 건물이 얼마나 충실한지일 것이다. 지금으로서는 애써 발버둥 쳐도 더 나은 글이 나오지 않으리라는 걸 알기에 미련 없이 글의 여행을 마치려 한다.

　한 사람의 보잘것없어 보이는 이야기가 가끔은 모두의 이야기가 되어 공감을 이끌어내기도 한다. 개인의 잡념이 속속들이 글 안에 파고들어 있다 해도, 강원도의 속 깊은 감성과 감동의 일부가 당신에게도 닿았기를 바랄 뿐이다.

　강원도는 이미,
당신에게 들어갈 준비가 되어 있었다.
오래전부터.

모든 날의 강원

초판 1쇄 발행 2026년 4월 20일

지은이   이영재
펴낸이   김철식
펴낸곳   모요사
출판등록   2009년 3월 11일
           (제410-2008-000077호)
주소   10209 경기도 고양시 일산서구
           가좌3로 45, 203동 1801호
전화   031 915 6777
팩스   031 5171 3011
이메일   mojosa7@gmail.com

ISBN   979-11-995089-4-1 03810

— 이 도서는 2025년 문화체육관광부의
  '중소출판사 도약부문 제작지원' 사업의 지원을
  받아 제작되었습니다.